Anita Keller

Weihnachtslichterhimmel

T V Z

ANITA KELLER

WEIHNACHTSLICHTERHIMMEL

KURZE GESCHICHTEN
FÜR ADVENT UND WEIHNACHTEN

Mit Illustrationen von Peter Brügger

TVZ
Theologischer Verlag Zürich

Der Theologische Verlag Zürich wird vom Bundesamt für Kultur für die Jahre 2021–2024 unterstützt.

Bibliografische Informationen der Deutschen Nationalbibliothek

Die Deutsche Nationalbibliothek verzeichnet diese Publikation in der Deutschen Nationalbibliografie; detaillierte bibliografische Daten sind im Internet über http://dnb.dnb.de abrufbar.

Umschlaggestaltung
Simone Ackermann, Zürich, unter Verwendung einer Illustration von Peter Brügger © Peter Brügger, Truttikon

Druck
AZ Druck und Datentechnik GmbH, Kempten

ISBN 978-3-290-18424-7 (Print)
ISBN 978-3-290-18425-4 (E-Book: PDF)

© 2021 Theologischer Verlag Zürich
www.tvz-verlag.ch

Alle Rechte vorbehalten

INHALT

Hohoho 7

Suchaktion 12

Keine Lust auf Weihnachten 16

Weihnachtslichterhimmel 22

Barbie-Engel 28

Ein geniales Geschenk 32

Immer auf den letzten Drücker 38

Recycling-Weihnacht 44

Seniorenadvent 48

Strohblümchen und Fliegenpilze 53

Wärme fürs Gemüt 60

Wunderknäuel 63

Fotoalbum 66

Machen statt reden 70

Rote Halstücher 74

Norovirus 77

Märlistadt 82

Weihnachtspost 87

Schokoladenleidenschaft 90

Wer spielt die Maria? 94

HOHOHO

«Was stellt er wohl dieses Jahr alles in seinen Garten? Der blau blinkende Rentierschlitten letztes Jahr war ja eine echte Katastrophe. So was passt einfach nicht in unser Dorf. Schon gar nicht vor ein altes Riegelhaus!»

«Du sagst es: all dieser amerikanische Kitsch passt hierher wie die Faust aufs Auge. Diese farbigen blinkenden Lämpchen sind ein Graus!»

«Du, Rita, könntest du mir jetzt bitte die Lichterkette hochreichen?», tönt es von der Bockleiter herunter, die bei der grossen Rottanne steht.

Der Frauenverein ist beim traditionellen Christbaumschmücken auf dem Platz vor dem Dorfladen. Also besser gesagt: die beiden Frauen vom Verein, die sich als Einzige dazu haben nötigen lassen. Aber zu zweit – so haben sich Rita und Ursula gesagt – ist das in einer guten Stunde erledigt: ein paar Lichterketten, unzerbrechliche rote Plastikkugeln und eine Handvoll Sterne aus dicker Goldfolie. So wie jedes Jahr vor dem Advent.

«Jahr für Jahr kommt noch etwas Neues dazu! Den Vogel abgeschossen hat er mit diesem furchtbaren dicken Santa Claus, der an einem Seil aus dem Fenster hängt und jedes Mal, wenn jemand vorbeigeht, mit einer Roboterstimme ‹Hohoho› ruft.»

«Schneiders haben übrigens schon dreimal reklamiert, er solle das blöde Weihnachtsmanngelächter ausschalten. Aber nichts ist passiert. Diesmal würden sie nun auf die Gemeindeverwaltung gehen, haben sie gesagt, so was müsse man doch verbieten können.»

«Der Berger Heiri ist schon immer ein wenig eigenwillig gewesen. Wenn der nur in seiner Werkstatt tüfteln und rumoren kann ...», meint Rita. «Er ist nun eben unser Dorforiginal. Ist doch schön, dass wir noch eines haben.»

«Aber es kann doch nicht jeder einfach machen, was er will! – Jetzt ein paar Kugeln, bitte», tönt es wieder von der Leiter herunter.

Rita kramt ein paar grosse Kugeln aus der alten Kartonschachtel zwischen dem Seidenpapier hervor und reicht sie Ursula hinauf.

«Zudem ist es gefährlich», regt sich Ursula weiter auf, «wenn so viele Autos am Haus vorbeifahren. Ich glaube, es gibt Leute, die fahren extra wegen des Weihnachtsgeblinkes durch die Obstgartenstrasse.»

«Ja, seit dem Bericht im Lokalblatt sowieso.»

«So, jetzt müssen wir noch von der anderen Seite heran», meint Ursula und steigt vorsichtig die Leiter hinunter.

«Ich glaube, für dieses Jahr brauchst du dir ohnehin keine Sorgen zu machen», meint Rita. «Die Schwiegertochter hat mir gestern im Volg erzählt, dem Heiri gehe es nicht gut, er sei für ein paar Wochen in Kur. Dieses Jahr sei wohl nichts mit Weihnachtsklimbim.»

«Sehr gut», meint Ursula, «dann haben wir dieses Jahr wieder einmal eine ruhige Adventszeit im Dorf. – So jetzt noch ein paar Goldsterne und dann ist es perfekt.»

Kurz nach dem Eindunkeln macht Rita noch eine Runde mit dem Hund. Sie wählt die Route durch die Rebberge. «Eigentlich schade, dass Heiri dieses Jahr nicht wohlauf ist. Sonst hätte er bestimmt wieder etwas Besonderes auf Lager», sagt sie halblaut zu ihrem Vierbeiner.

Wie sie so von oben auf das Dorf blickt, sieht sie im «Winkel» ein blaues Leuchten. Ist das am Ende der Rentierschlitten? Sie geht etwas schneller. Und dann sieht sie es: Tatsächlich! Heiris Weihnachtskitschhaus. Voll beleuchtet mit roten, gelben und blauen Lämpchen. Und der Santa Claus hängt auch aus dem Fenster.

Als sie am Gartentor vorbeikommt, da fährt doch tatsächlich ein hellbeleuchteter Weihnachtszug mitten durch die Gartenrabatten und dann durch ein Styroporgebirge voller Kunstschnee – aus einer als Bahnhof getarnten Lautsprecherbox ertönt eine Glockenspiel-Variante von «Jingle Bells».

Fasziniert steht Rita vor dem Haus und der Hund spitzt ebenfalls die Ohren. Als sie nach einer Weile weitergeht, tönt ein «Hohoho!» von oben herab.

Danke, Heiri, dass du so ein schräger Vogel bist, und nicht wie alle anderen!, jubiliert sie innerlich.

Nach hundert Metern dreht sie nochmals um. Sollen doch Schneiders nur reklamieren, denkt sie.

Aber halt! Wer steht jetzt vor dem Gartentor bei Heiri? – Ursula mit ihren beiden Enkelkindern.

«Die Kinder wollten es unbedingt anschauen», meint sie entschuldigend. «Der Zug ist wirklich toll. Aber er fährt nur jede Viertelstunde vorbei. Jetzt müssen wir noch ein bisschen warten.»

SUCHAKTION

Ernst ist kurz vor dem Verzweifeln. Er wendet alle Papierstapel auf seinem Schreibtisch. Aber er findet nichts. Er schaut in jeder Schublade nach. Auch nichts. Wohin um Himmels willen hat er nur diesen Gutschein verlegt. Dabei war er doch so stolz, dass er dieses Mal ein wirklich originelles Weihnachtsgeschenk für seine Esther besorgt hatte. Aber wo ist es jetzt hingekommen? Er weiss nur noch, dass er damals das Gefühl hatte, er habe ein einmaliges Versteck gefunden.

«Jetzt nur nicht den Kopf verlieren», denkt er sich. «Ich muss systematisch vorgehen. Was habe ich gemacht, nachdem ich vorgestern aus der Stadt zurückgekommen bin? Zuerst hänge ich jeweils meine Jacke an die Garderobe. Ja, vielleicht ist der Gutschein noch in der Innentasche der Jacke.»

Er geht nachschauen, aber vergebens. Er findet nichts. Auch in all seinen anderen Jacken nicht.

Da fällt ihm ein, dass er ja sicher wie üblich die Zeitung gelesen hat.

«Vielleicht habe ihn ich ja per Zufall mit der Zeitung ins Altpapier getan?», fährt es ihm durch den Kopf. Also schnell in die Abstellkammer.

«Wenn ich schon alles gründlich durchschaue, kann ich das Altpapier ja auch gleich zusammenbinden.»

Also macht er das. Aber der Gutschein kommt immer noch nicht zum Vorschein.

Der Papierkorb wäre noch eine Idee. Also wühlt er dort. Aber ohne Erfolg.

«Na ja, wenn ich schon daran bin, kann ich auch gleich alle Papierkörbe wieder einmal leeren. Esther reklamiert ja dauernd, dass das immer nur an ihr hängen bleibe», sagt er sich.

Gesagt, getan. Aber immer noch kein Gutschein weit und breit.

«Das darf doch nicht wahr sein!»

Langsam, aber sicher wird er immer ratloser.

«Wahrscheinlich habe ich ihn irgendwo zwischen meine Papierstapel gesteckt.»

Von denen gibt es in der Wohnung reichlich. Auf der Eckbank beim Esstisch, auf dem Salontisch, natürlich auf seinem Schreibtisch, auf jeder zweiten Treppenstufe in den oberen Stock und sogar auf dem Hocker neben dem WC. Es ist eine richtige Marotte von ihm: Er sammelt Prospekte, Kataloge und Artikel, die er schon mal gelesen hat und spannend findet, und auch solche, die er noch nicht gelesen hat, die aber interessant sein könnten. Weil Esther bis am Abend ausser Haus ist, nimmt er sich vor, wirklich systematisch alle seine Papierberge durchzusehen. – Unglaublich, was er da alles findet!

Als Esther um halb sechs heimkommt, muss sie zweimal hinschauen. Der Salontisch ist fast leer. Auf der Eckbank hat es wieder Platz. Seit Jahren waren diese Papierberge immer wieder Anlass für Streit. Es war jeweils, wie wenn sie gegen eine Wand reden würde. Und jetzt sind die Stapel auf einmal weg.

«Du Schatz, ist das etwa die grosse Weihnachtsüberraschung, die du so geheimnisvoll angekündigt hast?», fragt sie.

«Wie meinst du das?», will Ernst wissen.

«Ja, deine Aufräumaktion. Danke, dass du dir das endlich einmal zu Herzen genommen hast. Das freut mich jetzt riesig! Das ist wirklich ein Geschenk für mich. Jetzt können wir wieder einmal Besuch empfangen, ohne dass ich mich wegen dieser Stapel genieren muss!»

Sie umarmt ihn stürmisch. Denn geht sie in die Küche und beginnt das Nachtessen zu richten.

«Heute ist mir noch etwas Seltsames passiert. Ich habe doch die Bücher in die Bibliothek zurückgebracht und für mich ein bisschen neue Lektüre über die Festtage geholt. Deine Krimis habe ich übrigens auch gleich mitgenommen. Die sind ja sicher schon seit drei Monaten fällig gewesen. Also, da hat mich doch die Bibliothekarin gefragt, ob der Umschlag wohl uns gehöre, der da in einem der Bücher steckte. Ich hatte keine Ahnung, wovon sie redete. Sie hat ihn dann geöffnet, um nachzusehen. Es war ein Gutschein von der Tanzschule ‹Romero› für acht Abende Salsa für ein Paar ab Januar. ‹Der ist ganz gewiss nicht von uns›, habe ich ihr gesagt. ‹Mein Mann ist ein absoluter Tanzmuffel.› – Dann frage sie eben mal bei der Person nach, die das Buch vor uns ausgeliehen habe, hat sie dann gemeint. Sie könne das im Computer nachsehen, sie erledige das gleich morgen.»

Jetzt fällt bei Ernst der Zwanziger endgültig.

«Du, sag mal, die Bibliothek hat am Donnerstag doch bis halb neun offen, oder?»

«Warum meinst du?»

«Das mit der Bibliothek ist eine gute Idee, ich denke, ich brauche auch noch etwas Weihnachtslektüre.»

KEINE LUST AUF WEIHNACHTEN

Heute ist Grossvatertag für Patrick. Wie jeden Mittwoch geht er gleich nach der Schule in die Bühlstrasse. Vor einem halben Jahr war es noch der Grosselterntag. Bis eben Grosi Vreni nach einem schweren Schlaganfall gestorben ist.

Heute trägt Patrick einen kostbaren Schatz in seinen Händen. Er hält ihn vorsichtig in der einen Hand, und mit der anderen drückt er den Klingelknopf neben dem Türschild, auf dem noch immer «Paul und Verena Waser» steht.

«Hoi, Patrick. Komm herein. Heute bin ich ein bisschen spät dran. Ich habe beim Wäschezusammenlegen ein wenig die Zeit vergessen. Der Hörnliauflauf braucht noch ein paar Minuten. Und den Tisch decken sollte man auch noch.»

«Das kann ich doch machen», meint Patrick. Er stellt seinen Schatz auf die Kommode beim Eingang, hängt die Jacke an die Garderobe, zieht die Winterstiefel aus und stellt sie ordentlich auf die Schuhablage.

Grossvater rumort inzwischen in der Küche. Bis vor einem halben Jahr hat alles im Haus seine Frau erledigt. Grossvater war zuständig für alles draussen: Rasenmähen, Gartenarbeiten, kleine Reparaturen – und fürs Einkaufen. Jetzt muss er auf einmal auch selbst Wäsche waschen, bügeln, staubsaugen und eben kochen. Darin hat er allerdings so gar keine Übung.

«Ich kann für Patrick jederzeit einen anderen Platz für den Mittagstisch bei einem seiner Kollegen organisieren, wenn es dir zu viel wird», hat seine alleinerziehende und berufstätige Tochter nach der Beerdigung damals gemeint.

«Kommt gar nicht infrage», hat Paul protestiert. «Den Enkelmittwoch will ich nicht auch noch verlieren.»

Und zu Patrick hat er verschwörerisch gemeint: «Wir Männer schaffen das schon miteinander.»

«Auf jeden Fall», hat Patrick stolz versichert.

Patrick hat darum nie etwas gesagt, wenn Grossvater anfangs die Nudeln völlig zerkochte oder ab und zu das Salz vergass, die zähen Fäden nicht von den Bohnen zog, die Rösti pampig und die Bratwurst auf der einen Seite beinahe schwarz war. Tapfer hat er alles gegessen und war froh, wenn es zum Dessert oder zum Zvieri einen Nussgipfel oder eine Crèmeschnitte vom Bäcker gab.

Und zudem hat Grossvater ja auch wirklich von Mal zu Mal etwas dazugelernt. Patrick hat ihm nämlich verraten, wie man im Internet Kochrezepte finden kann – und sogar kurze Filme, wo einem alles Schritt für Schritt gezeigt wird. Und so ist es peu à peu aufwärts gegangen mit Pauls Kochkünsten. Und als Patrick das erste Mal sagte: «Genau so gut wie bei Grosi», war Paul sichtlich gerührt.

Aber als seine Tochter dann mit dem Vorschlag kam, er solle doch in den Männerkochkurs in der Küche des Sekundarschulhauses im Nachbardorf, dann komme er ein wenig unter Leute, hat er nur abgewunken.

Es war ihm einfach nicht drum. Und sowieso wolle er doch als Witwer mit seinen melancholischen Momenten niemandem die Laune verderben.

Wie sehr es Grossvater um nichts drum war, hat Patrick schon gespürt. Es ist es jetzt schon Mitte Dezember und im ganzen Haus keine Spur von Advent oder Weihnachten wie früher jeweils. Sogar die alte geschnitzte Brienzerkrippe, für die Grossvater früher einmal jedes Jahr eine neue Figur für seine Vrene erstanden hatte und sie dann jedes Jahr liebevoll im grossen Fenster des Wintergartens drapierte, liegt noch verpackt im Estrichaufgang.

«Auf Advent und Weihnachten habe ich dieses Jahr gar keine Lust», hat Paul gemeint.

Und so sitzen die beiden nun in der nicht dekorierten Wohnung am Tisch und essen Hörnliauflauf.

«Was habt ihr heute in der Schule gemacht?»

«Frau Steiner hat uns eine Adventsgeschichte vorgelesen und dann durften wir alle ein Glas verzieren. Warte, ich zeig es dir.»

Patrick springt auf und saust davon. Dann kommt er zurück und stellt stolz seinen Schatz auf den Tisch: ein grosses Einmachglas rundherum verziert mit aufgemalten silbernen Sternen. Und darin ein grosses brennendes Teelicht.

«Schön», meint Grossvater. «Aber wieso hast du die Kerze nicht ausgeblasen für den Transport?»

«Ach, die darf man doch auf keinen Fall auslöschen. Das ist ein ganz besonderes Licht – das Friedenslicht aus Betlehem. Es wird jedes Jahr in der Adventszeit von einem Kind in der Geburtsgrotte in Betlehem angezündet. Und dann kommt es mit einem Flugzeug, dem Zug und dem Schiff bis zu uns. Unsere Lehrerin hat es in Zürich am Bürkliplatz geholt und jetzt brennt es in unserem Schulzimmer. Davon habe ich dieses Licht genommen. Und jetzt muss ich eben aufpassen, dass es immer weiterbrennt.»

«Aha», meint Grossvater. «Und was machst du jetzt mit deinem Friedenslicht?»

«Ich habe gedacht, ich bringe es Grosi aufs Grab.»

«Dort löscht es dann aber bald einmal aus. Da müsste man so eine Grabkerze besorgen, die vierundzwanzig Stunden lang brennt, so eine mit einem Deckel.»

Heute sind die beiden besonders schnell fertig mit dem Abwasch. Was Paul seinem Enkel bis anhin nicht verraten hat, ist dass er bis jetzt erst zweimal auf dem Friedhof war. Es drückt ihm dort beinahe die Seele ab. Aber seinem Enkel zuliebe, macht er ja so manches.

Und so kommt es, dass Paul und Patrick beim Eindunkeln vor dem grossen Findling des Gemeinschaftsgrabs auf dem Friedhof stehen. Paul nimmt mit einem Christbaumkerzli das Flämmchen aus Patricks Sternenglas und zündet damit die rote Grabkerze an. Dann stellt er sie liebevoll vor den Stein mit den Namen derer, die hier schon ihre letzte Ruhe gefunden haben.

«Gell, Grossvati, das Friedenslicht leuchtet jetzt nicht nur fürs Grosi.»

Paul kann nichts sagen. Dafür drückt er Patrick fest an sich.

Von diesem Abend an wacht Paul über das Licht beim Grab, damit es auch ja immer brennt und leuchtet. Und wenn es niemand hört, redet er auch mit seiner Vrene. Dass sie ihm so furchtbar fehle, was er jetzt alles Neues lernen müsse im Haushalt und dass er jetzt mit Patrick Mailänderli gebacken habe – und dass sie wirklich ganz gut geraten seien.

Kurz nach Neujahr sagt er am Schluss seines Besuchs: «Hör zu, Vrene, bis am sechsten Januar, am Dreikönigstag, kann ich noch regelmässig zum Friedenslicht schauen. Nachher habe nicht mehr so viel Zeit. Weisst du, am siebten Januar beginnt nämlich der Männerkochkurs.»

WEIHNACHTSLICHTERHIMMEL

Heute ist es wieder einmal so weit. Wie immer an einem Adventssonntag treffen sie sich auf dem Bahnhof Winterthur: Claire, Marianne und Robert. Drei Senioren im Wintertenue und ausgerüstet mit je einem kleinen Rucksack.

«So, wohin gehen wir heute?», will Robert wissen.

«Das verrate ich euch jetzt bestimmt noch nicht», meint Claire. «Jetzt nehmen wir zuerst einmal die S-Bahn Richtung Zürich.»

«Aha», kombiniert Robert,» dann fällt die Ostschweiz ja schon mal weg. Habe ich fast vermutet. Denn in Weinfelden, St. Gallen und in Kreuzlingen sind wir ja schon gewesen.»

«Genau», findet Marianne, «in Schaffhausen und Appenzell auch schon.»

«Ja, allzu weit kann es aber auch nicht gehen, sonst hätten wir früher auf den Zug müssen, damit wir beim Eindunkeln dort sind», rätselt Robert weiter.

Aber Claire rückt nichts mehr über das heutige Reiseziel heraus. Und man merkt ihr an, dass sie es geniesst, als Einzige Bescheid zu wissen. Aber jetzt fährt ja auch schon die S12 ein.

Am Sonntagnachmittag nach drei Uhr hat es keinen Pendlerverkehr und sie finden problemlos einen Sitzplatz. Auf Wunsch von Marianne im oberen Stock. Robert legt seinen Rucksack nicht auf die Gepäckablage, sondern hält ihn auf den Knien fest.

«Dieses Mal habe ich meine neue Digitalkamera mitgenommen. Die haben mir meine Kinder auf den Fünfundsiebzigsten geschenkt. Mal sehen, ob ich einige schöne Bilder machen kann. Ist ja nicht so einfach, wenn es dunkel ist. Vielleicht mache ich noch einige mit Langzeitbeleuchtung. Ein Stativ habe ich auf alle Fälle mal mit dabei.»

«Alle Achtung, du bist aber gut ausgerüstet. Ich aber auch», verrät Claire. «Ich habe eine Thermoskanne voller Glühmost dabei, damit wir uns ein bisschen aufwärmen können, wenn es uns zu kalt werden sollte.»

«Eieiei, das wird ja immer feudaler bei uns», kommentiert Robert.

«Aber jetzt könntest du schon mal verraten, wohin wir gehen. Spätestens wenn wir in Zürich umsteigen, musst du es sowieso sagen. Auf diese Viertelstunde kommt es jetzt auch nicht mehr an.»

«So ist es, du Wunderfitz», lacht Claire. «Dann kannst du ja auch noch etwas warten!»

«Ist ja gut, haben wir alle ein Generalabonnement und brauchen kein Billett zu lösen, sonst würde das gar nicht funktionieren mit deiner Überraschung», gibt Marianne zu bedenken.

«Das wievielte Mal ist es eigentlich jetzt schon?», sinniert sie dann.

«Also für mich», sagt Robert, «ist es die dritte Adventszeit. Ich bin dabei, seit meine Flora gestorben ist, und ihr mich eingeladen habt, mitzukommen, damit mir zu Hause nicht die Decke auf den Kopf fällt in der dunklen Jahreszeit. Aber wie lange ihr beiden das macht, weiss ich gar nicht.»

«Warte, da muss ich erst mal überlegen», sagt Claire. «Ja, das hat angefangen bei mir, als ich den Führerschein abgegeben habe. Damals, als ich gemerkt habe, dass ich im Dunkeln nicht mehr fahren will und dass es mich graust, in eine Stadt hinein zu fahren und ewig lang nach einem Parkplatz zu suchen. Da habe ich mir ein GA gekauft. Das ist jetzt schon fünf Jahre her. Und dann bin ich einmal auf einer meiner spontanen Zugreisen im Dezember an einem Sonntagabend in Winterthur gestrandet und noch ein wenig durch die beleuchtete Marktgasse geschlendert. Es hatte fast keine Leute und es war wunderbar, so unter den Girlanden aus Betlehemsternen zu flanieren. Wie ein wenig aus der Zeit gefallen, kam es mir vor.»

«Es ist ja in der Tat so, dass viele die Weihnachtsbeleuchtung gar nicht mehr richtig beachten, weil man meistens noch eine Menge besorgen muss und von einem Geschäft ins nächste steuert und überall ein grosses Gedränge herrscht», pflichtet ihr Marianne bei.

«Du sagst es! Und zudem muss man ja froh sein, bei diesem Gewühl und Verkehr wieder heil aus der Stadt rauszukommen! Aber an jenem Abend hatte ich auf einmal Zeit, um einfach nur zu schauen und den adventlichen Lichterzauber zu geniessen. Und da habe ich mich gefragt, wie wohl die Weihnachtsbeleuchtungen in anderen Städten aussehen. Und seit damals mache ich jede Adventszeit einige von diesen Weihnachtsbeleuchtungsausflügen.»

«Ja», meint Marianne, «und als du mir davon erzählt hast, hat mich das sofort fasziniert. Und seither bin ich auch mit von der Partie beim Bestaunen von neuen Weihnachtslichterhimmeln.»

Claire lächelt ihr zu und nickt: «Es ist ganz anders, als auf einen Weihnachtsmarkt zu gehen. Wir wollen dann ja eben gerade mal nichts kaufen – ausser vielleicht eine Tüte heisse Marroni. Aber wem erzähle ich das?»

«Ist doch schön, dass wir uns da einig sind. Einfach mal Zeit haben, um nur zu schauen – und um zu staunen!»

«Du, wir sind ja schon fast am HB!», mahnt Robert. «Auf welchen Zug müssen wir denn jetzt?»

«Folgt mir einfach», sagt Claire. Und die drei Weihnachtsbeleuchtungs-Exkursiönler steigen zügig aus und sind schon bald im Menschengewimmel verschwunden.

BARBIE-ENGEL

Ein paar Neugierige stehen beim Kirchgemeindehaus vor dem Adventsfenster der Konfirmandinnen und Konfirmanden. Es ist schon etwas verstörend. In einer schwarzen Box, die gegen das Fenster hin offen ist, steht ein beleuchteter Globus mit ein paar Reihen Stacheldraht, die um den Sockel gewickelt sind. Darunter einige kleine Panzer aus Plastik, ein alter Spielzeugrevolver und ein Militärhelm. Und inwendig an den Scheiben links und rechts eine Collage aus Zeitungsausschnitten mit Nachrichten über aktuelle Terroranschläge, Bürgerkriege und bewaffnete Konflikte in der Welt. Es sind erschreckend viele. Und es wäre nichts als deprimierend, wenn über all dem nicht zwei Engel an einem Nylonfaden schweben würden mit einem Banner in den Händen, auf dem steht: «Frieden auf Erden und den Menschen ein Wohlgefallen.» In verschiedenen Sprachen leuchtet zudem auf bunten Papierstreifen das Wort «Frieden» zwischen all den Schreckensnachrichten versteckt hervor: Peace, Paix, Paz, Schalom.

«Das sind doch zwei Barbiepuppen!», ruft ein kleines Mädchen und zeigt auf die beiden Engel. In der Tat. Die blondgelockten Friedensbotinnen tragen sonst die neusten Kollektionen von neonfarbiger Strandmode, knappen glitzernden Partykleidchen oder traumhaften Ballroben aus Tüll und Spitze. Jetzt tragen sie ganz schlichte Gewänder. Ein paar weisse Streifen aus einer Stoffwindel, die notdürftig mit einigen Stichen zusammengenäht sind. Auf dem Rücken ein Flügelpaar aus echten Federn, die ihnen die Konfirmandinnen schlussendlich ziemlich brachial mit einem Bostitch auf den Rücken getackert haben, weil diese verflixten Dinger anders einfach nicht halten wollten. Ihre Lockenköpfe ziert ein Heiligenschein aus goldenen Pfeifenputzern.

«Wie originell», meint eine ältere Dame mit einem üppig flauschigen zartrosa Halstuch. «Gibt einem schon ein wenig was zum Nachdenken, dieses Fenster.»

«Ist aber nicht so richtig weihnachtlich. Ich hätte lieber etwas, das einfach nur schön ist. Kriegssachen will ich im Moment nicht sehen», brummt ein Mann in einem dicken Anorak.

Da hält ihm die Halstuchdame ziemlich ungehalten einen kleinen Vortrag: «Genau das ist ja das Problem, dass an Weihnachten alle immer nur eine friedliche und heimelige Stimmung in den eigenen vier Wänden unter dem Christbaum wollen. Was draussen in der Welt alles Schlimmes passiert, ist den meisten doch egal. Dabei geht es an Weihnachten doch um den Frieden für die ganze Welt. Aber manche wollen es partout nicht begreifen», meint sie ziemlich spitz.

Aber bevor der Anorakmann etwas erwidern kann, geht ein Konfirmand mit einem roten Kapuzenpulli dazwischen.

«Möchten Sie einen heissen Punsch oder eine Suppe?»

«Gerne eine Suppe», kommt es vom Anorakmann, «dann ist das gleich mein Nachtessen.»

«Ja doch, einen Punsch nähme ich gerne», meint die Flauschdame.

«Also, kommen Sie doch herein.»

Der Konfirmand führt die beiden in den Gemeindesaal.

Jetzt ist für einen Moment gerade niemand mehr da, der ins Fenster staunt. Da meint der eine Barbie-Engel: «Gerade noch einmal gut gegangen. Jetzt hätte es doch beinahe noch Krach gegeben zwischen den beiden.»

«Und ausgerechnet um des Friedens willen!», meint der andere. «Ist wohl eine ziemlich komplizierte Sache, dieser Frieden.»

«Scheint so. Aber mir gefällt unsere neue Mission trotzdem. Endlich einmal eine grosse und wichtige Aufgabe für uns», gibt der erste Barbie-Engel sichtlich bewegt zur Antwort.

«Wie lang dauert eigentlich unser Einsatz als Friedensengel?»

«Bis am sechsten Januar, habe ich gehört.»

«Still, es kommen wieder Leute!»

Würdevoll halten die zwei Engel ihr Banner über dem leuchtenden Globus. Draussen ist ein Kommen und Gehen. Es ist schon gegen neun Uhr, da schauen nochmals zwei bekannte Gesichter herein: der Anorakmann und die Halstuchfrau.

«Hat mich gefreut, Sie kennenzulernen», sagt die Dame zum Mann. «Was Sie erzählt haben über Ihren Einsatz für das Internationale Rote Kreuz in Syrien ist beeindruckend! Woher nehmen Sie eigentlich die Kraft dafür?»

«Ich glaube, es ist wirklich das», sagt er und deutet auf die Barbie-Engel mit ihrer Botschaft: «Friede auf Erden.»

Die beiden sind vor Freude beinahe vom Nylonfaden gefallen.

Aber im letzten Moment konnten sie sich zusammenreissen – schliesslich geht ihre Mission ja noch bis zum sechsten Januar.

EIN GENIALES GESCHENK

«Saukalt heute», meint Maya und wärmt ihre klammen Finger an der Tasse mit heissem Orangenpunsch. Sie steht mit ihrer Freundin Astrid bei einer kleinen Imbissbude auf dem Weihnachtsmarkt.

«Oh, nein. Und jetzt fängt es auch noch an zu schneien. Komm, wir gehen irgendwo in die Wärme.»

«Nein», lacht Astrid und versucht mit der Zunge ein paar Flocken aufzufangen. «Ich liebe Kälte und Schneeflocken im Gesicht.» Und nach einer Weile fügt sie hinzu: «Das habe ich mir mit sechzehn sogar extra zu Weihnachten gewünscht.»

«Du hattest weisse Weihnachten auf dem Wunschzettel? Wie kitschig», meint Maya belustigt und nimmt einen Schluck aus ihrer Tasse.

Astrid wird nachdenklich: «Ich hatte noch ganz andere Dinge auf meinem Wunschzettel.»

«Was stand denn sonst noch so drauf?», will Maya wissen.

Astrid schaut versunken auf die Schneeflocken, die sich auf ihrer geöffneten Handfläche niederlassen und dort langsam schmelzen. Dann sagt sie leise: «Lauter ungewöhnliche Wünsche: Mich selber waschen und anziehen, Klavier spielen, Kerzen ziehen und Weihnachtsgeschenke basteln, zur Schule gehen und Schneeflocken spüren und als grösster Wunsch: zu Hause mit meiner Familie Weihnachten feiern.»

«Was war da los? Wo warst du denn?»

«Im lag im Kantonsspital Winterthur.»

«Davon hast du mir noch nie erzählt. War es ein Unfall?»

«Nein. Angefangen hat es ganz harmlos mit leichten Rückenschmerzen. Dann wurde es immer schlimmer. Bis ich vor lauter Schmerzen nächtelang nicht schlafen konnte. Nach vielen Untersuchungen war es dann klar: Eine seltene bakterielle Entzündung zwischen den Rückenwirbeln. Da haben sie mich gleich im Spital behalten. Das war Ende Oktober.»

«Das war sicher hart», meint Maya.

«Schon», meint Astrid. «Aber wenigsten wusste ich jetzt, was es war. Und dass Antibiotika helfen würden. Einfach nicht sofort. Das könne dauern, meinten die Ärzte. Mehrere Wochen.»

Maya wagt nichts zu sagen.

Nach einer Weile fährt Astrid fort: «Stell dir vor: Immer nur flach auf dem Rücken liegen mit einer Infusion im Arm. Meine Welt war ganz klein. Ein

Vierbettzimmer auf der Kinderabteilung. In dieser nüchternen Spitalwelt war mir einfach nicht weihnachtlich zumute.»

«Wie hast du das nur ausgehalten?», fragt Maya.

«Ich hatte ja die grosse Hoffnung, dass ich nach so vielen Wochen im Spital an Weihnachten bestimmt zu Hause sein würde», meint Astrid und ihre Stimme klingt plötzlich etwas brüchig. «Und dann waren da all die Menschen, die mich besucht haben: meine Familie, Verwandte, Freunde, Bekannte und Nachbarn.»

«Lichtblicke und Abwechslung konntest du sicher brauchen», meint Maya.

«Und wie», lacht Astrid. «Stell dir vor, mein Freund hat mir jedes Mal einen ‹Asterix und Obelix›-Band mitgebracht. Die Deutschlehrerin deckte mich mit literarischen Hörkassetten ein und meine Klavierlehrerin hat mir Aufnahmen von Mozarts Klavierkonzerten geschickt. Und einmal kam sogar eine Frau vom Besuchsdienst der Kirchgemeinde und brachte mir Guetzli. Und dann die vielen Briefe und Karten, die ich bekam. – Die habe ich übrigens alle aufbewahrt in einer Schatzkiste. Es berührt mich heute noch, wenn ich sie lese.»

«Ah, die sind sicher in der blauen Holzschachtel mit dem goldenen Deckel in der Vitrine in deinem Wohnzimmer», macht Maya wissend.

«So ist es», lächelt Astrid versonnen. «Ich erinnere mich noch genau: Jeden Tag harren und warten – auf die Arztvisite und den Bescheid danach, auf die Post am Morgen und Telefonate am Abend und dass zur Besuchszeit die Tür aufgeht und jemand zu mir kommt. Advent als Zeit des sehnsüchtigen Wartens. Mit jeder Faser habe ich es gespürt.»

«Hattest du denn Schmerzen?»

«Zum Glück nicht. Nur das tägliche Blutabnehmen war unangenehm. Zudem war ich bei allem auf Hilfe angewiesen. Klingeln und nach dem Topf verlangen und mich waschen lassen wie ein Kleinkind, fiel mir schwer. In dieser Weihnachtszeit habe ich begriffen, was es bedeutet, dass Gott splitterfasernackt zur Welt gekommen ist.»

«Weihnachten zu Hause feiern und Schneeflocken spüren – was war dann damit?», will Maya wissen.

«Tja», seufzt Astrid. «Was wohl? Bei einer Visite eröffneten mir die Ärzte, dass ich noch mindestens bis Ende Dezember im Spital bleiben musste. Da war meine ganze Weihnachtshoffnung auf einen Schlag zunichte. Nichts, rein gar nichts auf meinem Wunschzettel würde in Erfüllung gehen. Ich war furchtbar enttäuscht und unsäglich traurig.»

«Wer wäre das nicht gewesen», sagt Maya nachdenklich und blickt in das dichter werdende Schneetreiben.

«Und wie war jetzt das mit den Schneeflocken?»

«Daran erinnere ich mich noch ganz genau», sagt Astrid. «Mein Bett stand am Fenster und draussen wirbelten Schneeflocken umher. Denen habe ich deprimiert zugeschaut. Ich kam mir vor wie in einer Schneekugel. Nur, dass ich drin eingesperrt war und der Schnee draussen tanzte. Oh, wie sehnte ich mich nach der Kälte, nach den Flocken auf meinem Gesicht, nach dem Leben draussen, das ohne mich stattfand. Eine tiefe Niedergeschlagenheit ergriff mich. Da ging plötzlich die Tür auf und ein paar meiner Schulkollegen standen im Krankenzimmer: ‹Wir kommen nur schnell vorbei mit den Hausaufgaben.›»

«Ausgerechnet in diesem schwierigen Moment», meint Maya.

«Ja. Auf Lateinvokabeln und die industrielle Revolution hatte ich jetzt gar keine Lust. Aber lieb, kommen sie vorbei, dachte ich. Sie waren auch schon wieder am Gehen, da sagte Michael schelmisch zu mir: ‹Schau, ich hab' dir noch was.› Und dann drückte er mir einen Schneeball in die Hand.»

«Einen Schneeball?»

«Ja. Einen Schneeball. Den spüre ich noch heute. Die herrliche Kälte. So lebendig. Ein Gruss aus der Welt draussen. Als die Tür hinter meinen Kollegen zufiel, drückte ich mir den Schneeball an die Wange, bis die eiskalt war. Ich habe mich gewärmt an diesem Schneeball. In dieser kalten Kugel steckte so viel Lebensfreude, so viel Hoffnung und Humor.»

«Ein wahrhaft himmlisches Geschenk», lacht Maya. «Wie wär's dieses Jahr mit einer Schneeballschlacht?»

«Ich schreib es auf meinen Wunschzettel!», meint Astrid.

IMMER AUF DEN LETZTEN DRÜCKER

Es ist wieder einmal einer von diesen hektischen Abenden bei Familie Wepfer. Der Vater will an den Fondueplausch der Männerriege in der Waldhütte. Und die Mutter hat in einer guten halben Stunde noch eine Gemeinderatssitzung vor sich.

Aber immerhin sind alle am Esstisch versammelt. Sogar die vierzehnjährige Vanessa ist heute ausnahmsweise dabei. Der Drittklässler Marco freut sich, dass es Kürbissuppe gibt, und schöpft sich bereits den dritten Teller voll.

«So, habt ihr alle Hausaufgaben erledigt?», will der Vater wissen.

Vanessa verdreht die Augen.

«Ich habe schon tausendmal gesagt, dass man mich nicht mehr kontrollieren muss. Ich bin alt genug, um meine Sachen im Griff zu haben.»

«Ist ja gut», meint die Mutter, «hört doch jetzt bitte wieder auf mit diesem gehässigen Ton.»

Und dann zu Marco: «Und wie sieht es bei dir aus? Hast du alles erledigt für morgen?»

«Ja, die Matheaufgaben haben ich gemacht und die Wintergeschichte habe ich auch gelesen.»

Er löffelt eifrig Suppe und dann meint er auf einmal wie nebenbei: «Jetzt muss ich nur noch ein Wichtelgeschenk haben.»

«Ein Wichtelgeschenk, was ist jetzt das wieder für eine Sache?», fragt der Vater.

«Das hat Frau Bühler als Adventsaktion eingeführt. Alle in der Klasse machen ein Wichtelgeschenk. Es soll nicht mehr als fünf Franken kosten und man muss es dem anderen heimlich zustecken, damit der nicht merkt, wer sein Wichtel ist. Wir haben alle unsere Namen auf einen Zettel geschrieben und dann ausgelost. Ich habe Lars gezogen.»

«Immer wieder noch was Neues», knurrt der Vater und tunkt etwas Brot in der Suppe.

«Ja, mit Einkaufen ist jetzt nichts mehr. Es ist schon halb acht vorüber und der Dorfladen geschlossen», sagt die Mutter. «Das ärgert mich jetzt aber. Immer auf den letzten Drücker. Seit wann weisst du das mit dem Wichtelgeschenk?»

«Seit vorletztem Montag», gibt Marco kleinlaut zu. «Ich habe es nun mal vergessen. Und morgen ist der letzte Tag, um es zu überreichen.»

«Wie wenn es nicht schon stressig genug wäre in der Adventszeit. Jetzt noch huschhusch etwas basteln mit dir, dazu habe ich heute Abend echt keine

Zeit», sagt die Mutter genervt. «Ich mache mich jetzt parat für meine Sitzung.»

«Also, ich muss jetzt auch gleich los», sagt der Vater. «Das Problem musst du jetzt selber lösen. Vielleicht hat ja Vanessa noch eine Idee.»

«Sicher nicht», faucht die zuerst den Vater an und dann den kleinen Bruder. «Ich habe heute Abend mein eigenes Programm. Marco hat's verbockt – soll er es auch selbst wieder ausbaden.»

Marco sitzt da wie ein Häufchen Elend. Was soll er nur machen? Es käme auf jeden Fall aus, wenn er nicht wichteln würde. Am Schluss wird nämlich in der grossen Klassenrunde verraten, wer wessen Wichtel war. Ihm ist zum Heulen zumute. Aber das muss ja niemand mitbekommen. Während er sich in sein Zimmer verkriecht, hört er noch, wie die Eltern sich verabschieden und wie die Haustür ins Schloss fällt. Marco schaut sich verzweifelt im Zimmer um. Was könnte er wohl als Wichtelgeschenk entbehren oder basteln? Aber es fällt ihm partout nichts ein.

Da klopft es auf einmal an die Tür.

«Komm eben mal in die Küche, wenn ich dir helfen soll», tönt die Stimme von Vanessa ziemlich ruppig von draussen.

Erleichtert und neugierig trottet Marco ihr nach. Auf dem Küchentisch hat sie eine kleine Werkstatt aufgebaut: ein paar grosse leere Honiggläser. Die

Heissleimpistole, Fimo in verschiedenen Farben und weissen und silbrigen Glimmer in Tütchen. Dazu einige mit «Destilliertes Wasser» beschriftete Flaschen und ein Minifläschchen mit der Aufschrift «Glyzerin».

Marco macht grosse Augen. Was das wohl werden soll?

«Ich mache Geschenke für meine Freundinnen. Da machst du eben gleich auch eines zum Wichteln», sagt Vanessa immer noch ein wenig barsch.

«Was wird es denn?», will Marco jetzt neugierig wissen.

«Das siehst du doch: Schneekugeln.»

«Echt. Kann man die selber machen?»

«Sicher schon.»

«Und dann schneit's auch richtig?»

«Das will ich meinen. Aber setz dich hin. Wir müssen fertig sein, bevor Mami oder Papi nach Hause kommen.»

Als die Mutter um halb zwölf nach Haus kommt, stehen fünf Schneekugelgläser auf dem Tisch. Winterlandschaften mit kleinen Tannenbäumchen. Zwei haben einen lustigen Fimoschneemann drin. Ein anders eine Schlittschuhläuferin und eines ein Plastikrehlein. Und im letzten steht ein blauroter Spiderman. Sie schüttelt das Glas und der Schneeglimmer wirbelt herum und sinkt dann langsam auf

den kleinen Superhelden herunter. Eine glitzernde Mini-Zauberwelt.

«Das Wichtelproblem ist gelöst. Und erst noch originell. Wenn es darauf ankommt, halten sie eben doch zusammen, die beiden», denkt sie.

Beim Frühstück macht der Vater einen leicht zerknitterten Eindruck. Es ist ein gar langer Fondueabend geworden. Auf einmal sagt er: «Respekt, die Schneekugeln sind ja wirklich toll. So eine würde ich also auch nehmen. Mit einem Ferrari drin oder so.»

Vanessa schaut Marco verschwörerisch an.

«He, Marco, du solltest dir im Fall noch den Glimmer aus dem Gesicht waschen, sonst verrätst du dich glatt, du Wichtel», meint sie dann und lacht.

RECYCLING-WEIHNACHT

Susanne ist Expertin für Recycling-Weihnachten. Das nahm seinen Anfang vor ein paar Jahren, nachdem sie eine Teilzeitstelle in einem Brockenhaus angenommen hatte.

Dort ist sie nun zuständig für die Spielwaren und mit Leib und Seele dabei. Sie wäscht schmuddelige Plüschtiere und badet verschmutze Puppen. Dann zieht sie sie adrett an. Und wenn es nichts Passendes im Fundus hat, näht sie gar selber neue Puppenkleider. So wird aus mancher struppigen, verwahrlosten Puppe eine, die man nochmals so von Herzen gernhaben kann.

Susannes Motto lautet: Auch gebrauchte Dinge sollen ganz und sauber sein, damit sie ein zweites Mal Freude bereiten.

Freude bereiten, das will Susanne auch mit ihren Weihnachtsgeschenken. Die besorgt sie samt und sonders im Brockenhaus. Das ganze Jahr über hält sie Ausschau nach Schätzen und Raritäten, nach Originellem, Nützlichem und Kitschigem.

Jetzt hat sie für alle ihre Lieben das Passende beisammen. Und so macht sie sich ans Einpacken. Zuerst die Geschenke für die Enkelkinder. Für Lia das rote Puppenteeservice mit den weissen Punkten. Das arrangiert sie auf einem runden Holztablett mit einer weissen Spitzendecke darin.

Dann der Verkaufsladen für Gian. Da hat sie ein Sortiment aus hölzernen Früchten und Gemüsen zusammengestellt: Äpfel, Bananen, Birnen und Karotten. Sogar eine Blechschachtel mit Holzerbsen und eine mit Ravioli aus Filz hat sie gefunden. Stolz ist sie auf die Waage mit den zwei Schalen und den kleinen Metallgewichten. Die Kasse ist zwar aus Plastik, dafür klingelt sie, wenn die Geldschublade herausgezogen wird.

Für Pia hat sie in einem Koffer alles zum Verkleiden zusammengestellt. Manch eines der exotischen Gewänder, das die Leute in Ferienlaune in einem fernen Land erworben haben, ziehen sie dann zu Hause doch nie an. Und so finden die Stücke schliesslich den Weg ins Brockenhaus. Für Susanne ist das eine wahre Fundgrube: Ein violetter indischer Sari, ein mexikanischer Poncho, ein gestreifter Kaftan. Zudem noch eine paillettenbesetzte Jacke – wohl aus der Disco-Ära –, ein Strohhut mit Rose, eine silberne Handtasche und als Highlight ein Brautkleid mit üppigen Volants und Spitzenärmeln.

Ihr Neffe Beat ist kürzlich in eine Studenten-WG gezogen. Für ihn gibt es ein Fonduecaquelon und als Gag zwei echte bayrische Bierhumpen. Schwägerin Irene ist ein Rosenfan. Für sie hat Susanne eine Sammlung von Geschirr mit verschiedenen Rosenmotiven zusammengestellt. Für ihren Mann hat sie einen funktionstüchtigen Plattenspieler und ein Dutzend alte Jazzplatten ergattert. Und die aus alten Büchern gebastelten dekorativen Girlanden sind für ihre Schwester.

Und wie könnte es auch anders sein: sogar das Geschenkpapier und die Stoffbänder werden bei Susanne recycelt. Das hat sie von ihrer Mutter übernommen. Die hatte nach Weihnachten jeweils das gebrauchte Papier sorgfältig auseinandergefaltet und mit dem Bügeleisen geglättet. Danach hatte sie die Knickstellen und alle Spuren von Klebstreifen und Wachs abgeschnitten und schliesslich alles wieder feinsäuberlich aufgerollt. Die brauchbaren Papierstücke sind so jedes Jahr ein bisschen kleiner geworden. Das ganze Wiederverwertungssystem konnte nur funktionieren, weil die Geschenke jeweils ganz sorgfältig ausgepackt wurden – mit Hilfe von Vaters Taschenmesser. Geschenkpapier lieblos aufreissen war undenkbar.

Für die Mutter war Recycling damals aus Spargründe zwingend gewesen. Für Susanne ist es jetzt eine Passion. Wie eine Schneekönigin freut sie sich, wenn sie für jemanden etwas Passendes entdeckt. Susanne überreicht das Geschenk dann jeweils mit dem immer gleichen Spruch:. «Wenn es euch mal keine Freude mehr macht, dann bringt ihr es einfach zurück ins Brockenhaus.»

SENIORENADVENT

Fränzi macht alle zwei Wochen Besorgungen für ihre Mutter, die in einer Seniorenwohnung am Finkenweg wohnt. Sie bringt ihr vor allem das, was zu schwer und zu sperrig ist, um es mit dem Einkaufstrolley zu transportieren. Heute steht sie mit einem Sechserpack Mineralwasser und einer Grosspackung WC-Papier vor der Tür von Martha Amacker. Sie wird herzlich begrüsst. Wie immer stehen auch heute auf dem kleinen runden Stubentisch schon zwei dunkelgrüne, goldgeränderte Unterteller mit Kaffeelöffel, ein Kaffeerahmkännchen und die Zuckerdose mit der goldenen Rose auf dem Deckel. Am Adventskranz brennen zwei Kerzen und in einem Teller hat es Mailänderli, Zimtsterne und Chräbeli.

«Hast du doch wieder selber gebacken?», fragt Fränzi. «Du sagst doch seit vier Jahren, das sei jetzt das letzte Mal gewesen.»

«Nein», lacht Mutter, die gerade den Rollator neben dem Tisch parkiert. «Die haben wir an der Senioren-Adventsfeier des Frauenvereins bekommen.»

Aus der Küche hört man jetzt das Zischen der Kaffeemaschine und dann die Stimme von Fränzi: «Aha, bist du also doch einmal hingegangen? Obwohl du doch immer gesagt hast, das sei noch nichts für dich, dort habe es nur eine Menge alter Leute. – Und? Hat es dir gefallen?»

«Was hast du gesagt?», tönt es aus der Stube.

Da fällt Fränzi ein, dass ihre Mutter sie mit dem Hörgerät nur richtig versteht, wenn sie unmittelbar vis-a-vis von ihr ist. Und sie weiss auch, dass *das* der wahre Grund ist, weshalb ihre Mutter nicht gerne an solche Anlässe geht, wo viele Leute durcheinanderreden.

«Da höre ich nur noch einen Stimmensalat und fühle mich trotzdem wie allein», hat Mutter einmal gemeint.

Also trägt Fränzi das Tablett mit den beiden dampfenden Kaffeetassen in die Stube und stellt die Frage nochmals, nachdem sie sich zur Mutter an den Tisch gesetzt hat.

«Und, hat es dir gefallen am Seniorenadvent?»

«Ja, es war schön. Die Drittklässler vom Oberfeldschulhaus haben gesungen und Gedichte vorgetragen. Ich sage dir, ganz laut und deutlich habe ich alles verstanden. Das neue Hörgerät, zu dem du mich überredet hast, war doch eine gute Investition, würde ich meinen.»

«Das freut mich jetzt aber, dass es dir gefallen hat», meint Fränzi und beisst in einen Zimtstern. «Und jetzt, gehst du nächstes Mal wieder zum Seniorentreff?»

«Ja, ich muss!»

«Wieso musst du? Das ist doch freiwillig.»

«Tja, sie brauchen mich ganz dringend. Einmal im Monat ist doch jeweils Seniorenmittagessen im Ochsen. Und nachher setzen sich einige zum Jassen zusammen. Und Frau Brechbühl hat gemeint, es fehle ihnen noch jemand für eine Frauen-Jassrunde. Ob ich eventuell jassen könne.»

«Und da hast du zugesagt?! Ausgerechnet du, Mutter! Du hast dich doch immer so furchtbar aufgeregt, wenn Vater jeweils mit seinen Jasskollegen den halben Sonntagnachmittag verbracht hat und wir als Familie kaum je einen Ausflug manchen konnten. Einmal hast du doch vor Ärger all seine Jasskarten vom Balkon geworfen. Imhofs im unteren Stock haben schön gestaunt, als es plötzlich Jasskarten auf ihren Balkon geregnet hat.»

«Oh ja, da haben alle im Quartier unseren Ehekrach mitbekommen. Das gab eine Weile zu reden», lacht Martha und tunkt ein Chräbeli in den Kaffee.

«Ja, aber dann habt ihr beiden eine Lösung gefunden: Vater hat die Jassrunden auf den Freitagabend verlegt und du bist jeweils am selben Abend neu im Frauenchor singen gegangen. Und auf einmal war der Sonntag ganz friedlich und entspannt und wir haben ab und zu etwas miteinander unternommen.»

«Doch, doch, wir hatten es wirklich gut miteinander, Ruedi und ich.»

«Und du hast ihm sogar einmal zu Weihnachten einen Jassteppich geschenkt, den du selber geknüpft hast.»

«Ja, den hat er dann an die Wand über seinem Schreibtisch aufhängt und gemeint, zum Benutzen sei er zu schade. – Ich habe schon gemerkt, dass er sich mit dem nicht blamieren wollte bei seinen Jasskollegen. Aber es ist doch schön, dass er mir zuliebe so tat, als würde er sich freuen», lacht Martha.

«Gefreut hat er sich sicher. Nicht über den Jassteppich, sondern dass du sein Hobby wertgeschätzt hast.»

«Ja», meint Martha, «jetzt gehe ich jassen, nicht weil ich das furchtbar gerne mache oder gar besonders gut kann, sondern weil sie mich brauchen und ich so unter die Leute komme.»

«Willst du nochmals einen Kaffee?», fragt Fränzi. «Dann bringe ich ihn dir, bevor ich gehe.»

«Nein, danke, einer genügt.»

«Dann räume ich mal alles in die Küche», meint Fränzi und füllt das Tablett mit dem Geschirr.

«Du, könntest du mir mal noch einen neuen Wandkalender besorgen, damit ich die Seniorenmittagessen eintragen kann? Die sind immer am dritten Donnerstag im Monat», ruft Martha hinterher.

«Mach ich doch gerne», tönt es aus der Küche.

«Was hast du gesagt?», kommt es aus der Stube zurück.

STROHBLÜMCHEN UND FLIEGENPILZE

Heute Morgen hat Marisa in aller Herrgottsfrühe die Tür ihres Blumenladens aufgeschlossen. Es gibt noch so viel zu tun bis zur grossen Adventsausstellung in einer Woche. Es ist ihre erste im neu eröffneten Laden mit Kaffeeecke. Und die Ausstellung soll ein Erfolg werden. Sie will stilvolle Adventsfloristik mit einem besonderen Extra präsentieren.

Sie hat noch eine Menge vor: Gestecke und Türkränze anfertigen. Und natürlich Adventskränze, Teelichter und Laternen mit Bändern und kleinen Glaskugeln verzieren. Auf dem Arbeitstisch in der kleinen Kammer hinter dem Verkaufslokal liegt alles bereit. Marisa macht sich an die Arbeit. Eine Hilfe wäre nicht schlecht. Aber das kann sie sich im Moment nicht leisten. Zuerst muss das Geschäft ja einmal laufen. Sie möchte sich einen Namen machen, ihr eigener Stil soll sich herumsprechen.

Da ertönen die Glöcklein an der Ladentür.

«Hallo, ist jemand da?»

«Ja, ich bin hier hinten. Ich komme gleich!»

Marisa ist ein wenig aus dem Konzept. Wer will so früh etwas von ihr?

Mitten im Laden steht eine ältere Frau in einem langen dunkelgrünen Lodenmantel aus den Siebzigerjahren und einer geringelten, knallbunt gestrickten Mütze auf dem Kopf. Graue Löckchen und ein neugieriges Augenpaar blicken darunter hervor.

«Entschuldigung», meint Marisa, «ich habe leider noch nicht offen. Erst übermorgen.»

«Ach, ich will auch gar nichts kaufen. Ich möchte Ihnen etwas bringen.»

Umständlich kramt die Dame etwas aus ihrem Korb. Und dann streckt sie es Marisa stolz entgegen.

«Für Sie. Ich mache jedes Jahr für alle meine Nachbarn und guten Bekannten so eines. Und weil Sie ja jetzt eine neue Nachbarin sind, bekommen Sie auch eines. Zu Hause habe ich Sie nie angetroffen und einfach vor die Tür stellen, wollte ich es nicht. Man hat mir gesagt, dass ich Sie sicher hier im Laden antreffen werde.»

Marisa blickt mit grossen Augen auf das, was die Frau da auf den Ladentisch gestellt hat. Ein Adventsgesteck! Und was für eines! Auf einer Holzscheibe sind Tannäste und Koniferen um eine rote schmale Kerze gesteckt. Und darum herum weinrote, knallgelbe und weisse Strohblümchen. Und dazu noch zwei kleine Fliegenpilze und ein kleines hellblaues

Vögelchen. Marisa bringt erst mal kein Wort heraus. Inwendig stöhnt sie aber: «Oje, das gibt's ja nicht. So altbacken und von vorgestern. Einfach nur schrill und schrecklich. Und wer schenkt schon einer Floristin ein Gesteck!»

«Das ist aber nett von Ihnen. Vielen Dank, Frau ...»

«Möckli. Möckli heisse ich.»

«Vielen Dank, Frau Möckli, das ist ein sehr originelles Gesteck. Strohblümchen sieht man heute ja kaum mehr.»

«Ja, da müssen Sie mir doch recht geben, die sind einfach wunderschön und so praktisch. Ich pflanze jedes Jahr eine Menge davon in meinem Garten an und lasse sie dann trocknen. Ich habe noch ganz viele davon. Also, wenn Sie noch ein paar brauchen können für ihren Laden, dann müssen Sie es nur sagen.»

«Danke fürs Angebot. Aber im Moment habe ich alles, was ich brauche. Ich sollte jetzt nun wieder an die Arbeit.»

«Ich wollte Sie nicht aufhalten. Vielleicht sehen wir uns bei Gelegenheit einmal wieder. Wir sind ja Nachbarinnen. Ich habe immer Zeit.»

«Ja, sicher.»

«Also, auf Wiedersehen», sagt Frau Möckli und macht schwungvoll die Tür auf. Es klingelt und Marisa atmet auf. Endlich kann sie zurück an die Arbeit.

Heute ist es so weit. Die Ausstellung ist eröffnet. Eine Schar Neugieriger und Kauflustiger schlendert durch den Laden. Marisa begrüsst, berät, packt Gestecke ein, bereitet Kaffee und heisse Schokolade zu und kassiert. Und sie nimmt viele Komplimente entgegen, wie schön und stilvoll alles sei.

Auf einmal tönt es aus einer Ecke: «Schau mal, so was gibt's ja gar nicht! Mit einem Vögelchen und Pilzchen. Das siehst du sonst auch nirgends mehr!»

Marisa wird es heiss und kalt. Oh nein – das Strohblümchen-Gesteck von Frau Möckli! Das hat sie doch damals schnell hinter einem riesigen Föhrenzapfenkranz verschwinden lassen. Und den hat sie soeben verkauft. Hätte sie das scheussliche Ding doch nur gleich in den Abfallkübel geworfen!

Da tönt's weiter: «Jö, wie herzig. So richtig retro. Das muss ich haben.»

«Ja, so eines würde ich auch gerne nehmen. Aber offenbar hat es nur noch dieses eine da.»

«Kein Wunder. So speziell, wie das ist. Da sind eben schnell alle weg.»

Noch am selben Abend klingelt es bei Frau Möckli.

«Entschuldigung, dass ich Sie so spät noch störe», sagt Marisa.

«Macht nichts. Ich bin sowieso beinahe vor dem Fernseher eingeschlafen.»

«Also, Sie haben doch gesagt, wenn ich noch Strohblümchen brauchen könnte, solle ich mich melden.»

«Ja, wie viele brauchen Sie denn?»

«So viele wie möglich. Ich soll fünfzig Gestecke liefern.»

«Toll, dass Sie so einen grossen Auftrag bekommen haben.»

«Ja, ich bin auch ganz überrascht. – Also, wenn Sie zufälligerweise auch noch ein paar Pilzchen und Vögelchen vorrätig hätten, würde ich die Ihnen gerne abkaufen. Ich sollte schon morgen früh mit Stecken beginnen können.»

«Kein Problem. Von diesem Krimskrams habe ich schachtelweise. So alt werde ich wohl kaum mehr, dass ich alles aufbrauchen könnte», schmunzelt Frau Möckli.

«Und Holzscheiben?», fragt Marisa zaghaft. «Wo könnte ich die wohl herbekommen?»

«Da habe ich leider nur noch etwa zwanzig in meinem Vorrat. Die bringt mir jeweils Stefan. Das ist mein Neffe, er ist Forstwart. Wenn ich ihn anrufe und sage, es sei dringend, dann bringt er sie mir sicher morgen in der Znünipause.»

«Super! Das ist meine Rettung.»

«Ja, man hilft, wo man kann. Bis wann müssen sie denn fertig sein?

«Schon übermorgen.»

«Ja, dann haben Sie schon noch einiges zu tun.»

«Ja, eben. Sie haben doch auch gesagt, sie hätten immer Zeit», meint Marisa erwartungsvoll.

Frau Möckli lacht: «Wie viel brauchen Sie denn?»

WÄRME FÜRS GEMÜT

Fabian ist zufrieden mit seinem Werk. Ein Kirschkernkissen. Selbstgemacht in der Handarbeitsstunde. Aus robustem beigen Leinenstoff. Mit Kartoffelstempel hat er ganz viele rote Herzen darauf gedruckt. Dieses Kissen ist als Weihnachtsgeschenk für seine Grossmutter bestimmt. Ihr heissgeliebtes Lieblingsteil hat nämlich kürzlich seinen Dienst aufgegeben, ihr Bett war eines Morgens voller Kirschsteine.

«Tja, nun muss ich eben von jetzt an eine Bettflasche nehmen. Aber das ist halt einfach nicht dasselbe», hat sie missmutig gemeint, als Fabian kürzlich mit dem Vater bei ihr zu Besuch war. Fabian hatte bis anhin nie recht verstanden, warum das Kirschkernkissen für Grossmutter so wichtig war. Einen Kachelofen gab es in ihrer Alterswohnung ja keinen. Grossmutter musste das Säckchen jeweils im Mikrowellenofen erwärmen. Exakt zwei Minuten lang, hatte sie ihm mal erklärt.

«Ja, frierst du denn so sehr im Bett?», hatte Fabian gefragt. «Bei dir ist es doch immer schön warm.»

«Heute schon. Aber du musst wissen: Als ich ein Kind war, hatten wir es nie so warm im Schlafzimmer. Wir hatten nur einen Kachelofen in der Stube und einen Holzherd in der Küche. Dort war es jeweils schön warm im Winter. Im Flur und in den Schlafzimmern war es hingegen ungemütlich kalt. Darum haben wir jeweils die Winterabende in der Stube oder der Küche verbracht. Wir Kinder machten dort Hausaufgaben, Vater las Zeitung und Mutter strickte oder stopfte Löcher in den Socken. Und der Platz auf der Ofenbank gehörte Grossvater. Wir Kinder stritten jeweils, wer neben ihm sitzen durfte. Ja, die Wärme hat uns zusammengehalten. Und wenn wir zu Bett sind, haben wir ein schön warmes Kirschkernkissen aus dem Ofenloch genommen. Wenn du in so ein Bett schlüpfst, dann ist es einfach nur herrlich, wenn du deine eiskalten Füsse an einem solch wohlig warmen Kirschkernkissen wärmen kannst.»

«Aber heute brauchst du doch keinen mehr, damit du warme Füsse bekommst.»

«Ja, man braucht ja nicht nur Wärme für die Füsse, sondern auch fürs Gemüt.»

Jetzt versteht Fabian, um was es geht: Grosi braucht aussen und innen warm.

Darum hat er jetzt das neue Kirschkernkissen mit Herzen verziert. Aber funktioniert es auch wirklich? Das will er erst ausprobieren.

Bevor er zu Bett geht, nimmt er sein Werk und legt es in die Mikrowelle und stellt sie ein: genau zwei Minuten. Und dann legt er das warme Paket an das Fussende seines Betts und schlüpft unter die Decke. Die wohlige Wärme steigt hoch von den Füssen bis zum Bauch. Und als er daran denkt, wie Grosi sich dann freuen wird über sein selbstgemachtes Säckchen, wird es ihm auch noch ganz warm ums Herz.

Am nächsten Morgen berichtet er dem Vater beim Frühstück fachmännisch: «Du, das Kirschkernkissen funktioniert. Ich hab's ausprobiert.»

«Ja, aber du hast es doch für Grosi gemacht und jetzt benutzt du das Geschenk selbst?»

«Ach, Papi, du hast ja keine Ahnung. Die Wärme für die Füsse steckt in den Kirschsteinen. Die für das Gemüt muss ich doch jetzt erst noch aufladen bis Weihnachten.»

WUNDERKNÄUEL

Frustriert sitzt Margrit mit ihrem vollen Strickkorb auf den Knien auf dem Sofa. Mit dieser dummen Sehnenscheidenentzündung an der rechten Hand ist im Moment gerade gar nichts mit Stricken.

Und dabei hat sie für die obligaten Enkel-Strickgeschenke dieses Jahr extra tolle Wolle besorgt. Für den Schal von Lara drei Knäuel mit teurem grauem Alpaka. Für die Socken von Tanja von dieser modernen bunten Wolle in verschiedenen Blautönen, bei der die Streifen und Muster wie von selbst erscheinen. Das ist ganz praktisch, man muss dann nicht mehr so viele Fäden vernähen. Und für die Mütze von Luan von dieser schwarzen Wolle mit dem weissen Spezialfaden, der nachts das Licht reflektiert. Das sei der neuste Trend und erst noch gut für die Sicherheit in der dunklen Jahreszeit, hat die Verkäuferin im «Strickwerk» gemeint.

Walter setzt sich mit der Zeitung neben seine Frau aufs Sofa. Er merkt, wie geknickt sie ist. Aber was soll er tun?

«Gib ihnen dieses Jahr doch einfach mal einen Bausatz», schlägt er vor.

«Wie meinst du das?»

«Na ja, verpack eben die Wolle zusammen mit einer Anleitung. Dann können sie es selbst stricken. Das lernen die doch heutzutage alle in der Schule. So schwer kann das doch auch nicht sein.»

«Das sagt gerade der Richtige», gibt Margrit zurück. «Du kannst ja nicht mal gerade Rippen stricken.»

«Ja, weil ich es nie gelernt habe», protestiert Walter. «Vergiss meine Idee schnell wieder.»

«Nein, nein», meint Margrit, «die ist eigentlich wirklich gut. Weisst du, als Kind habe ich mich immer unglaublich gefreut über den Wunderknäuel meiner Gotte. Sie hat jeweils Kleinigkeiten für meine Schatztruhe eingewickelt und Bonbons in Glitzerpapier und zuinnerst war das Fünffrankenstück.»

«Und du hast wirklich brav gestrickt, bis all die Sachen zum Vorschein kamen? Also ich hätte gleich die ganz Wolle auf einmal abgewickelt.»

«Aber dann geht doch der ganze Sinn eines Wunderknäuels verloren. *Das* ist doch gerade das Spannende, dass die Sächelchen langsam hervorkommen und man sie sich zuerst erstricken muss.»

«Das gefällt mir», meint Walter und grinst. «Stell dir mal Luan vor. Wie der vor Ungeduld zappelt, wenn es nicht subito geht.»

«Du bist auch nicht die Geduld in Person!», meint Margrit. «Aber jetzt sollten wir überlegen, welche Kleinigkeiten wir denn einwickeln wollen. Mach du dir mal Gedanken für Luan. Für Tanja und Lara habe ich bereits ein paar Ideen. Mit der Anleitung halte ich es einfach: sie sollen eben alle ein Halstuch stricken. Entweder mit rechten Rippen oder im Halbpatent.»

Und so kommt es, dass Walter Wunderknäuel wickelt. Das kann man schliesslich, auch wenn man vom Stricken keinen blassen Schimmer hat. Die Wundersächelchen hat er zuerst sorgfältig einzeln in Seidenpapier eingewickelt, wie es Margrit angeordnet hatte. Das war eine verflixte Kleinarbeit. Manchmal hätte er beinahe die Nerven verloren und alles hingeschmissen. Aber für so einen Wunderknäuel braucht es nun mal Geduld – nicht nur beim Aus-, sondern schon beim Einwickeln.

FOTOALBUM

Sven hat es an die Hand genommen, das mit dem Weihnachtsgeschenk für die Grosseltern. Per WhatsApp hat er alle anderen Enkel aufgeboten zum Fototermin.

Sie hätten eine Menge Enkelfotos, aber kein einziges, auf dem alle gemeinsam miteinander drauf seien, haben die Grosseltern sich nämlich mal beklagt.

Es ist gar nicht so einfach, alle zusammenzubringen. Bei den eigenen Geschwistern Nadine und Mike geht das ja noch problemlos. Aber Jürg ist zur Zeit in der Rekrutenschule im Welschland und die Jüngste, Chiara, ist noch nicht mobil.

Also trifft man sich an einem Dezembersamstag bei ihr zu Hause für ein Fotoshooting. Tante Monika hat ein Flair fürs Fotografieren und übernimmt diesen Job.

«Machen wir zuerst ein paar Bilder draussen, solange das Licht noch gut ist», ordnet sie an. Und so ziehen sie alle in Wintermontur los durchs Quartier. Es wird diskutiert, wie man sich am besten in Szene setzt als Enkelschar, und es wird viel gelacht. Irgendwann jammert Chiara:

«Ich kann nicht mehr. Sind wir jetzt bald fertig?»

«Gut», gibt Tante Monika nach, «gehen wir nach Hause und machen noch ein paar Aufnahmen von euch auf dem grossen Sofa bei uns in der Stube. So ein ganz seriöses wie früher beim Fotografen. Die Herren stehen hinten, die Damen sitzen auf dem Sofa. Ich mache es in Sepia, das sieht schön nostalgisch aus.»

So wird es gemacht. Dann laden sie alle digitalen Bilder auf den Laptop von Sven und wählen die besten aus für einen Fotokalender. Und dann noch das Nostalgiefoto zum Aufhängen in einem schönen Rahmen.

«Jetzt habe ich aber einen Bärenhunger», meint Jürg. Zum Glück hat Onkel Martin vorgesorgt und schon einen riesigen Topf mit Spaghetti Carbonara parat. Es ist schon ziemlich eng um den Tisch und sie müssen auch noch den Bürostuhl und einen wackeligen Hocker dazunehmen. Aber es ist eine fröhliche Runde.

Was sie alle nicht wissen können: Am selben Nachmittag sind auch die Grosseltern beschäftigt.

Auf dem Stubentisch hat Heinz feinsäuberlich alte Fotos ausgebreitet. Die meisten in Schwarz-Weiss.

Das älteste ist ein Hochzeitsfoto seiner eigenen Grosseltern von 1895. Zudem eines von Grossonkel Karl mit seinem Militärross im Aktivdienst. Das Konfirmationsfoto seiner Mutter. Und Familienfotos von Hannis Verwandtschaft. Alles, was er hat auftreiben können. In einem Fachgeschäft hat er Reproduktionen davon machen lassen. Sven hat nämlich vor kurzem die Bemerkung gemacht, es sei manchmal schon recht kompliziert mit all den Verwandten, von denen die Grosseltern jeweils erzählen, vor allem, wenn man so keine Fotos von ihnen habe.

Da haben die Grosseltern einen Entschluss gefasst: Für die Enkel gibt es ein Ahnen-Fotobuch zu Weihnachten. Es war ein rechter Aufwand, alles zusammenzusuchen.

«Schau mal», sagt Hanni. Sie zeigt das erste der Fotoalben, die sie mit einem edlen schwarzen Samtstoff überzogen und mit einer goldenen Plakette mit der Aufschrift «Ahnen-Album» verziert hat.

«Perfekt», meint Heinz. Dann nimmt er den Füller und schreibt in Schönschrift neben ein Foto ins Album: Taufe von Heinz Bürgler, Pfingsten 1942.

«Du, Hanni, jetzt habe ich einen Bärenhunger.»

«Ich habe die Spaghetti schon im Wasser. Es gibt Carbonara.»

MACHEN STATT REDEN

Die Konfirmandinnen und Konfirmanden sitzen im Kreis. In ihrer Mitte der grosse Adventskranz, auf dem schon die zweite Kerze brennt.

«Nur über den Sinn von Weihnachten reden, das ist doch lahm», rebelliert Jan.

«Machen sollte man etwas. Zum Beispiel den Obdachlosen in Zürich, die in der Kälte hocken, heisse Suppe bringen.»

«Geht's noch, du kannst doch nicht mit einem Suppentopf durch Zürich spazieren», meint Jennifer. «Wir kennen uns doch in dieser Stadt gar nicht aus. Und die Obdachlosen sitzen ja sicher nicht an der Bahnhofstrasse.»

«Ist ja schon klar, dass nichts passiert, weil ihr wieder tausend Ausreden habt», gibt Jan zurück.

«Wir würden ja gerne helfen, aber wir wissen einfach nicht wie», meint Nora.

«Und jetzt sind wir sowieso zu spät auf Weihnachten hin. So schnell lässt sich nichts organisieren», gibt Lars zu bedenken.

«Wie ich schon gesagt habe: nichts als Ausreden!», knurrt Jan grimmig und verschränkt demonstrativ die Arme.

Die Kerzen flackern unruhig. Betretenes Schweigen füllt den Raum.

«Okay», sagt schliesslich die Pfarrerin, «das Thema brennt und ist euch wichtig. Ich setze alle Hebel in Bewegung, um mit euch eine Weihnachtsaktion auf die Beine zu stellen. Aber zuerst will ich von euch wissen: Seid ihr alle dabei? Es wird euch Zeit und Engagement kosten.»

«Ja, wir ziehen das alle miteinander durch», ist die klare Botschaft.

Gleich am anderen Morgen macht sie einige Telefonate nach Zürich. Im Dorf kann sie direkt bei den Zuständigen vorbeigehen. Die Filialleiterin des Quartierladens entscheidet unbürokratisch und zackig.

«Das ist eine super Idee. Natürlich machen wir da mit.»

Das Flugblatt lässt sie durch den Weibel in jeden Haushalt im Dorf verteilen. Darauf ist zu lesen:

Weihnachtsaktion der Konf-Klasse
An Weihnachten geht es auch darum, gerade den Menschen am Rand unserer Gesellschaft Hoffnung und Hilfe zu schenken.

Die Konfirmandinnen und Konfirmanden werden Sie darum am Samstag, 19. Dezember, vor den drei Dorfläden bitten, für die Bedürftigen, die von den Sozialwerken Pfarrer Sieber betreut werden, «eine Packung mehr» einzukaufen und diese in die bereitstehenden Sammelboxen zu legen. Wir sammeln Trockenprodukte und gut haltbare Lebensmittel wie Teigwaren, Reis, Konserven aller Art, Tee, Kaffee, Sirup, Gewürze, Schoggi. Helfen Sie uns, damit wir am 23. Dezember mir reich gefüllten Lebensmittelboxen nach Zürich fahren können.

Den Einsatzplan machen die zwölf Jugendlichen selbst. Jan übernimmt gleich zwei Schichten. Einige müssen schon um sieben in der Früh parat stehen. Um die Leute vor dem Laden freundlich anzusprechen, die Aktion kurz zu erklären und sie um «eine Packung mehr» zu bitten, braucht es schon noch ein wenig Mut. Da sind jene gefragt, die gut reden können. Zum Glück kennen die Jugendlichen viele Leute persönlich und beim Stichwort «Pfarrer Sieber» wissen ohnehin fast alle, worum es geht.

«Ich finde es toll, dass ihr euch so engagiert», hören sie öfters.

«Heute bin ich zum Einkaufen extra mit dem Postauto hergefahren», schmunzelt ein ergrauter Herr mit karierter Schirmmütze. Und legt eine Riesenpackung Weihnachtsschokolade und drei Kilo Kaffeebohnen in die Kiste.

Nach ein paar Stunden draussen in der Kälte haben die Jugendlichen eine Ahnung davon, was es heisst, kein warmes Nest zu haben. Per Handy sind sie miteinander im Kontakt.

«Wie viel habt ihr schon?»

«Siebe Bananenkisten und eine angefangene.»

«Wir haben schon zwölf.»

Bei Ladenschluss um vier Uhr abends sind es fündundzwanzig. Ein voller Erfolg!

Am Mittwochabend, am 23. Dezember, fahren ein paar Burschen im Kleinbus mit nach Zürich, um dort alles auszuladen. Die Kisten sind sauschwer. Da sind jetzt jene gefragt, die gut zupacken können.

Müde und zufrieden machen sie sich auf die Heimfahrt.

«Frau Weber, diese Weihnachtsaktion sollten Sie jetzt immer in den Konf-Unterricht einplanen», meint Lars.

«Auf jeden Fall. Aber lieber gleich schon Anfang Dezember.»

Und nach einer Weile ruft Jan von der Rückbank: «Ja. Und am besten zusammen mit Konf-Klassen in den anderen Dörfern. Dann werden es locker doppelt so viele Kisten!»

ROTE HALSTÜCHER

Ruth fährt mit der Rolltreppe in die dritte Etage des Shoppingcenters Citypark. Im grossen Innenhof steht ein grossmächtiger, luxuriös geschmückter Christbaum. Darunter liegen bergeweise Dekopäckchen in goldenem Glanzpapier. Aus dem Lautsprecher säuselt Weihnachtmusik. Und die Geschäfte werben mit viel weihnachtlichem Prunk um die Gunst der Kundinnen und Kunden, die durch das Center flanieren.

Ruth ist nicht wohl in ihrer Haut. Sonntagsverkauf, den hatte sie bis anhin immer boykottiert. Nervös schaut sie sich um nach bekannten Gesichtern. Aber sie erkennt niemanden. Ist auch besser so.

Vor einem Kleidergeschäft hängen edle Kaschmirschals an einem Ständer. Gesichert und mit einem Preisschild, auf das Ruth nur einen Blick werfen muss, um zu wissen: «Das ist definitiv nichts für mein Budget.»

Sie schaut nervös auf die Uhr: fünf vor drei. Wo bleiben denn Rosmarie und Thomas? Sie fühlt sich verloren und fehl am Platz. Sie könnte ja einfach wieder umkehren und nach Haus gehen.

«Nein, ich habe zugesagt. Jetzt ziehe ich das durch!», macht sie sich selbst Mut.

Da sagt eine Stimme hinter ihr: «Hoi, Ruth. Bist du parat? In fünf Minuten geht es los.»

Rosmarie und Thomas. Sie atmet auf.

«Das ist noch deiner», sagt Rosmarie und streckt ihr einen roten Schal hin. Exakt den gleichen, wie ihn die beiden ebenfalls schon um den Hals tragen.

«Jetzt sollten wir uns aber bereitmachen. Es ist kurz vor drei», sagt Thomas.

Sie gehen miteinander an den Rand der Balustrade zum Innenhof. Sie schauen auf das geschäftige Treiben in dieser Einkaufswelt. Da sieht es Ruth: Vis-à-vis hat es nochmals eine Gruppe, auch mit roten Halstüchern. Und auf der Rolltreppe kommen noch weitere daher. Und dann hört man über alles hinweg den hellen, klaren Klang einer Trompete. Irritierte Gesichter schauen sich um. Wo kommt das her? Was ist da los?

Jetzt gilt es ernst. Auf einmal tönt von allen vier Seiten ein Lied: «Go tell it on the Mountain, over the hills and everywhere. Go tell it on the Mountain that Jesus Christ is born.»

Die Leute bleiben stehen, schauen neugierig hinauf. Rundherum im dritten Stock Sängerinnen und

Sänger mit roten Halstüchern. Manche Passanten freut's, andere schütteln nur den Kopf, viele gaffen nur oder filmen mit dem Handy – und ein paar singen sogar mit. Der Gesang wird voller. Über der Shoppingwelt wird die Weihnachtsbotschaft ausgerufen: Jesus Christus ist geboren.

Kaum ist der letzte Ton verklungen, verschwinden die roten Halstücher in alle Richtungen. Ruth, Rosmarie und Thomas steuern so schnell wie möglich dem Ausgang zu.

Draussen wartet Ruths Grossnichte Melanie.

«Respekt, Tante Ruth! Ich hab's gefilmt und stell es für euch auf Youtube.»

«Das war super!», meint Ruth ganz euphorisch. «Mein erster Flashmob mit sechsundsechzig.»

«Ja, singen können wir eben schon, wir vom Gospelchor», lacht Thomas. «Nicht nur brav in der Kirche, sondern auch mal frisch und frech über den Geschenkeberg.»

NOROVIRUS

Das Norovirus hat das Alters- und Pflegezentrum fest im Griff, schon seit Mitte Dezember. Es herrscht Ausnahmezustand und Weihnachtsstimmung kommt nicht recht auf. Das Haus ist zwar geschmückt, aber Besucher müssen draussen bleiben und die Bewohnerinnen und Bewohner sind isoliert in ihren Zimmern oder auf der Abteilung. Die geplante Weihnachtsfeier mit Festessen, Weihnachtsliedern und dem Krippenspiel der Kinder ist abgesagt worden. Das gibt eine trostlose Weihnacht.

Am 24. Dezember sitzt Martha Spalinger schon seit dem frühen Nachmittag in ihrem Ohrensessel beim Fenster mit einer warmen Patchwork-Häkeldecke über den Knien. Sie blickt nach draussen und hängt ihren trübsinnigen Gedanken nach. Für Weihnachten hat sie nur einen einzigen Wunsch: die kleine Sarah im Arm halten. Ihr erstes Urenkelkind. Anfang Dezember ist es zur Welt gekommen. In den Händen hält sie ein Foto des Neugeborenen, das ihr ihre Enkelin Nicole geschickt hat.

Sie betrachtet es versonnen. Nach einer Weile legt sie es auf das Tischen neben dem Sessel. Da fällt ihr Blick auf die Karte mit einem grossen Stern und der Aufschrift «Einladung». Jetzt fällt es Martha wieder ein: Um fünf Uhr gibt es eine Weihnachtsüberraschung im Hof als Ersatz für die abgesagte Feier.

«Nimmt mich nur wunder, was das denn sein soll. Vielleicht gehe ich besser gleich ohne Nachtessen zu Bett», murmelt Martha vor sich hin.

Draussen wird es allmählich dunkel. Jetzt geht das Licht am Christbaum im Hof an. Es klopft und ein junger Pfleger streckt den Kopf ins Zimmer.

«Sie sitzen ja im Dunkeln, Frau Spalinger!»

«Ja, das passt ganz gut zu meiner Stimmung», sagt sie halblaut vor sich her.

«Ich wollte nur noch darauf hinweisen, dass die Weihnachtsüberraschung jetzt dann gleich beginnt. Wenn Sie bei offenem Fenster zuhören wollen, sollten Sie aber noch einen Mantel anziehen.»

«Was gibt's denn?», will sie wissen.

«Anstelle der Familienfeier in der Kirche machen sie eine lebendige Krippe draussen bei uns im Hof.»

«Die Kinder?»

«Ja, die machen auch mit. Aber es sind vor allem Erwachsene – Leute aus dem Dorf und ein paar Angehörige. Jetzt muss ich aber noch weiter, um alle nochmals daran zu erinnern.»

Ich mache bei dieser Kälte jetzt ganz sicher nicht das Fenster auf, denkt Martha. Mich bringt nichts und niemand aus diesem Stuhl.

Der Hof füllt sich allmählich mit Menschen. Eine Gruppe Kinder mit Sternenlichtern steht beim Christbaum und daneben macht sich der Posaunenchor parat. Bald ertönt «Tochter Zion». Man hört es sogar durch die geschlossenen Fenster. Die Heimleiterin steigt jetzt mit einem Mikrofon in der Hand auf einen Strohballen.

«Da hör ich aber rein gar nichts. Jetzt muss ich mich wohl oder übel doch mal rühren.»

Martha ächzt sich aus dem Sessel, macht das Fenster auf und wickelt die Häkeldecke um sich. Jetzt sieht sie, dass von der Spitze des Christbaums ein grosser Betlehemstern leuchtet, und sie hört helle Kinderstimmen singen: «Das isch de Stärn vo Betlehem». Es wird ihr warm ums Herz. Wie oft hat sie das mit ihren Kindern gesungen. «Äimaal dänn winkt er öis und träit übere öis i d'Ewigkäit», singt sie plötzlich leise mit. – «Das wäre noch schön, wenn mich einmal der Betlehemstern abholt und in die Ewigkeit begleitet», murmelt sie.

Jetzt wird bei dem Strohballen die Krippenszene dargestellt. Ein Josef in einem langen Mantel und einer Laterne steht hinter Maria, die ein Kindlein auf dem Arm trägt. Da kommen drei Hirten dazu mit einem Hund. Die Schafe haben sie wohl auf dem Feld gelassen. Und von der gegenüberliegenden Seite schreiten drei Könige in edlen Umhängen herzu. Sie führen ein Pony am Halfter – ein ganz passabler Ersatz für ein Kamel. Da gerät der Hund ganz aus der Ruhe und beginnt laut zu bellen. Die Besitzerin hat ihn aber schnell wieder im Griff. Dafür beginnt jetzt das Jesuskindlein auf dem Arm von Maria zu weinen.

«Das ist ja ein richtiges Baby!», fährt es Martha durch den Kopf. Sie hat angenommen, es sei eine grosse Puppe. Jetzt steht Maria auf und geht mit dem Kind wiegend herum, um es wieder zu beruhigen. Dabei rutscht ihr der bunte Schal vom Kopf.

«Das ist doch Nicole!», ruft Martha. «Dann ist das Baby Sarah!»

Sie steht ans Fenster, winkt und ruft: «Nicole, ich bin hier oben!»

Aber man hört sie nicht, denn jetzt spielt der Posaunenchor «O du fröhliche» und alle singen mit. Auch Martha.

Und als der Pfleger mit dem Tablett mit dem Weihnachtsmenü hereinkommt, hört er sie immer noch singen: «Ich hab nur ein wenig von weitem geguckt, da hat mir mein Herz schon vor Freuden gehupft: Ein schönes Kind, ein schönes Kind liegt dort in der Krippe bei Esel und Rind.»

MÄRLISTADT

Die Entscheidung ist an einem heissen Sommertag gefallen: Der Verein «Amigos del Flamenco» macht mit an der Märlistadt in Stein am Rein. Sie werden im Märchenpavillon mitten auf dem Hauptplatz des Städtchens ein Beizli betreiben und mit Tanzdarbietungen für spanisches Flair sorgen.

Der Beitrag für die Vereinskasse ist sehr willkommen und im Organisieren von Festen ist man versiert.

Was in der Begeisterung vergessen ging, war das Datum: das erste Wochenende im Dezember. Die Märlistadt ist ja ein Weihnachtsmarkt. Jedes Jahr steht eine Märchenfigur im Zentrum. Man sieht sie als Dekorationen in den Schaufenstern und manchmal ist sie auch auf der Strasse in Lebensgrösse anzutreffen. Dieses Jahr stolziert der gestiefelte Kater durch die Gassen.

Mitte November beginnt Therese, die Präsidentin, alles aufzugleisen. Dass Paella und Tapas auf die Speisekarte gehören, versteht sich von selbst. Die Liste, wer was an Kulinarischem beisteuert, macht die Runde. Sie füllt sich schnell. Ganz anders der Schichtplan. Da hat es viele leere Stellen.

«Wer ist nur auf die absurde Idee kommen, ein Engagement im Advent anzunehmen! Da sind doch alle schon eingespannt genug», tönt es da und dort gereizt.

Der Vereinszusammenhalt wird auf die Probe gestellt. Aber wie immer finden sich dann doch ein paar treue Seelen, die alles an die Hand nehmen.

«Wie sollen wir auch die Hütte dekorieren? Spanisch und weihnächtlich zugleich», überlegt Sabine. «Tannenzweige und Strohsterne passen da nicht so recht.»

«So wie ich dich kenne, fällt dir bestimmt etwas ein», meint Ramona.

«Wer bringt die Paellapfanne?» – «Wer besorgt die Gasflasche für den Herd?» – «Wann können wir den Schlüssel abholen zum Einrichten?» – «Wie transportieren wir alles auf den Platz? Es ist doch Fahrverbot in der Altstadt?»

So geht es hin und her im Chat. Hundert Dinge wollen bedacht sein.

«Und tanzen sollten wir auch noch ...», meint Therese.

«Was ziehen wir eigentlich an?», will Ramona noch klären. «Alle etwas Schwarzes mit Punkten oder jede so bunt, wie sie will?»

«Die Farbe ist das kleinste Problem», wirft Caroline ein. «Es wird übrigens mehrere Grad unter Null in den nächsten Tagen. Zehn Minuten auf der Bühne in unseren Flamencokleidern – und wir sind total durchgefroren.»

In aller Frühe am Samstagmorgen rückt Sabine bei der Festhütte an. Schwer beladen mit Kisten und Taschen voller Dekorationsmaterial.

Als Therese und Ulrike um neun Uhr mit der Kaffeemaschine und den Getränken auftauchen, staunen sie nicht schlecht. Die rustikale Hütte ist kaum wiederzuerkennen. Auf den Tischen liegen rote Tischtücher mit weissen oder schwarzen Punkten. An den Wänden sind grosse schwarze Fransentücher mit Blumenstickereien um weisse Stoffamaryllen drapiert. Von den Querbalken des Dachs hängen unzählige rote und schwarze Christbaumkugeln.

«Perfekt!», meint Therese. «Richtig spanisch-weihnachtlich.»

Jetzt trifft auch Ramona ein – wie immer eine halbe Stunde zu spät. Sie manövriert, beladen mit Kochutensilien, zwischen den auffällig dekorierten Stehtischen vor der Hütte hindurch.

«Unsere spanische Hütte ist schon eine rechte Exotin mitten in all dem winterlichen Weihnachtsambiente», meint sie lachend. Und zeigt auf die lebensgrosse Krippe aus groben Holzfiguren vis-a-vis vor dem riesigen Christbaum. Sie hat recht. Gleich neben der Hütte dreht sich die Reitschule zu Drehorgelklängen. An den Verpflegungsständen ringsherum werden Glühwein, Bratwurst oder Raclette angeboten. Aus der Bäckerei weht der Duft von Weihnachtsguetzli und frischen Berlinern. Eben das, was die Leute an einem Weihnachtsmarkt so erwarten.

«So was hab' ich auch noch nie gesehen an einem Weihnachtsmarkt» meint ein älterer Herr, als die Truppe am Nachmittag Sevillanas neben dem Christbaum tanzt, als wäre es 30 Grad warm. Die vielen Schaulustigen vor der kleinen Bretterbühne geniessen die herzerwärmende Tanzshow und spenden begeisterten Applaus.

Schnell werfen sich die Tänzerinnen die Mäntel über und huschen in die warme Hütte.

«Ich habe mir fast die Ohren abgefroren», jammert Caroline. «Aber dem Publikum hat's gefallen!»

Der Festbetrieb läuft, schon um sechs ist alle Paella weg. Danach aber nimmt der Besucherstrom ab, kaum jemand verirrt sich mehr in die spanische Hütte. Den Leuten scheint es bei diesen tiefen Minustemperaturen doch zu kalt für einen abendlichen Besuch auf dem Weihnachtsmarkt zu sein.

«Wollen wir bereits ans Aufräumen denken?», fragt Sabine.

«Nein, machen wir es uns jetzt doch selbst noch ein wenig gemütlich», wendet Therese ein und stellt Rotwein und eine übrig geblieben Tortilla auf den Tisch.

Da hören sie von draussen Dudelsackklänge. Eine Gruppe in schottischer Montur spielt vertraute Weihnachtsmelodien. Nach einer Viertelstunde ist es auch ihnen zu kalt. Sie suchen Zuflucht in der Wärme.

Am späten Abend macht der gestiefelte Kater einen letzten Rundgang durch das verlassene Städtchen. Was ist denn da noch los im Pavillon! Da scheint es heiss zu- und herzugehen. Aus der Hütte ertönen Gitarrenklänge und Dudelsackpfeifen, spanische und englische Weihnachtslieder durcheinander. Eine fröhliche Fiesta ist da im Gange.

«Eben wie im Märchen», schnurrt der Kater verschmitzt. «Wenn sie nicht erfroren sind, so feiern sie bis morgen.»

WEIHNACHTSPOST

Die Pöstlerin ist soeben weggefahren. Erwartungsvoll macht Erika den Briefkasten auf. Ist heute wohl wieder Weihnachtspost für sie dabei? An der dekorierten Pinnwand in der Küche hängen schon all ihre Schätze: Der Adventsgruss des Dorfladens, wo sie Mitglied im Ladenverein ist. Eine witzige Fotodruckkarte ihres Patenjungen Nils mit einem dicken Samichlaus auf einem Motorrad. Eine Dankeskarte mit einem goldenen Stern aus dem Pflegeheim, in dem sie jeweils jeden zweiten Samstag Geschichten vorliest. Und eine edle weinrote Karte mit elegant in Silber geprägten Weihnachtskugeln und der Aufschrift «Merry Christmas» von Ursi und Karl. Die war schon am 3. Dezember im Haus, weil Karl das jeweils jedes Jahr generalstabsmässig durchplant und schon Ende November alles parat hat für den Versand. Schon fast ein klein wenig bünzlig, findet Erika. Aber Hauptsache, etwas Schönes zum Aufhängen in ihrer Weihnachtspostgalerie. Nicht wie der E-Mail-Gruss, den sie von ihrer Kollegin aus dem Damenturnverein erhalten hat. So einen mit bewegten Schneeflocken und «White Christmas»-Melodie. Ist ja auch schön, aber eben nichts Handfestes.

Ein Brief fehlt jedoch noch. Derjenige, auf den sie alle Jahre gespannt wartet. Der Weihnachtsbrief von Elsbeth, ihrer Freundin aus Jugendjahren. Gespannt sieht Erika die Post durch: Prospekte, Werbungen und eine Zahnarztrechnung. Und endlich – ein grosser crèmefarbener Umschlag mit einer Weihnachtssonderbriefmarke und goldenen Sternen. Aber halt! Diesen Brief will sie genüsslich lesen. Sie geht in die Küche, macht sich einen feinen Adventstee, zündet die Kerzen am Adventskranz an und setzt sich dann in den bequemen Fauteuil in der Stube. Erst jetzt macht sie sorgfältig mit einem Brieföffner den Umschlag auf. Eine Wintertanne und ein Reh aus weissem Karton in einem Passpartoutrahmen. Und Goldsternchen auf einem Pergamenthintergrund. Wenn man ein Teelicht dahinterstellt, dann leuchtet es. Und der Brief, was erzählt er? Elsbeth schreibt all ihren Lieben, was sich in ihrer Familie im vergangenen Jahr so alles ereignet hat. Was sie für Reisen unternommen hat, dass sie im Juni ihr Knie hat operieren lassen müssen, dass sie im September ihr viertes Enkelkind bekommen hat, einen Leon, und dass sie sich riesig freut. Dass der Schwiegersohn eine neue Stelle angetreten hat und sie seit neustem in einen Spanischkurs geht. Und dass sie dankbar ist für alles Gute und die Menschen, mit denen sie verbunden ist. Und sie wünscht allen eine gesegnete und erfüllte Weihnachtszeit.

Zwischen dem Briefpapier liegt ein selbstgemachter Papierengel zum Aufhängen. Dieses Mal ist es einer mit einem goldenen Stern in den Händen, neckischen kleinen Flügeln und einem Lausbubenlachen. Erika nimmt ihn vorsichtig und hängt ihn an die Schranktür des Stubenbüfetts. Dort sind schon die ganzen himmlische Heerscharen von Elsbeth-Engeln versammelt. Jedes Jahr kommt ein neuer dazu. Jeder ist speziell und anders. Jetzt sind es schon zweiundzwanzig. «Hoffentlich werden es noch viele mehr», denkt Erika. «Ich will Elsbeth gleich danke sagen für ihre liebe Post. Aber mit Schreiben tu ich mich so schwer.» Und so greift sie zum Telefon und wählt Elsbeths Nummer.

SCHOKOLADENLEIDENSCHAFT

Dieses Jahr ist Christian zuständig für die Dekoration des kleinen Christbäumchens beim Eingang des Elektrogeschäfts Kienast. Zuerst einmal drapiert er kunstvoll eine Lichterkette ums Bäumchen, wie sich das für ein Elektrogeschäft gehört – es ist eine ganz besondere, eine aus ganz vielen feinen Fäden, die wie Engelshaar leuchten. Dann noch eine zweite mit ganz vielen Sternchen. Dazu ein paar wenige kunstvoll verzierte Christbaumkugeln.

«Nicht schlecht», findet Christan. Aber etwas fehlt noch: die Christbaumschöggeli. Seine Frau Claudia will die zu Hause partout nicht am Baum haben, weil die bunt verpackten Zapfen, Kugeln und Glocken nicht zu ihrem edlen Baumschmuck in Altrosa passen.

«Und stell dir vor, es schmilzt eines, das zu nahe an einer Kerze ist. Weisst du, was das für eine Schweinerei gibt! Nein danke!», hat sie ihm deutsch und deutlich erklärt.

Und da hat er begriffen: Bei diesem Thema gibt es keine Diskussion mehr. Also hat er dem ehelichen

Frieden zuliebe den Schokoladenwunsch nie mehr aufs Tapet gebracht.

Am Geschäftsbäumchen hingegen kann er seine Schokoladenleidenschaft jetzt so richtig ausleben. Gleich drei grosse Säcke voll mit diesen aluverpackten Köstlichkeiten hat er besorgt.

Es ist eine recht knifflige Sache, all die feinen Aufhängschnürchen um die Tannäste zu wickeln. Und die biegen sich bald einmal unter der süssen Last.

«Übertreibst du nicht ein wenig», meint der Kollege in der Znünipause.

Da verrät ihm Christian, woher seine Christbaumschöggeli-Liebe kommt.

«Weisst du, als Junge habe ich jeweils meinen Vater begleitet, wenn er im Dorf auf Tournee ging, um die Vereinsbeiträge für den Männerchor bei den Passivmitgliedern einzuziehen. Dazumal haben noch alle ihre zehn Franken bar bezahlt. Vater hat dann ein Quittungsbüchlein aus seiner abgewetzten Ledermappe gekramt und in exakter Druckschrift einen Beleg mit Durchschlag ausgestellt. So etwas kannst du dir heute gar nicht mehr vorstellen!»

«Ja, aber mit Christbaumschöggeli hat das jetzt noch nichts zu tun», meint der Kollege.

«Wart's ab. Vater hat seine Runde als Kassier immer erst in den zwei Wochen nach Weihnachten gemacht, weil er es das ganz Jahr vor sich hergeschoben hatte und zudem die meisten Leute dazumal nach den Festtagen zu Hause waren. In den Stuben standen die Christbäume überall mindestens noch bis zum Dreikönigstag. Und an manchen hingen Schöggeli. Und weil alle sich so darüber freuten, dass ich Papi begleite und so brav und artig warte, durfte ich als Belohnung da und dort ein paar vom Baum nehmen. Und ich als kleiner Zwirbel hatte einen guten Blick dafür, auch für jene, die irgendwo ganz versteckt hingen.

‹Dort hat es noch eins!›, soll ich mal keck bei Wegmanns gerufen haben, nachdem ich beinahe unter das Bäumchen gekrochen war, um nachzuschauen, ob noch irgendwo eine süsse Kugel oder ein Zapfen hänge. Vater war es sichtlich peinlich, so einen gierigen Frechdachs als Sohn zu haben. Aber Wegmanns hätten sich köstlich amüsiert über den kleinen gewieften Strolch und gesagt: ‹Wenn du noch mehr findest, darfst du sie behalten.›

Das habe ich mir natürlich nicht zweimal sagen lassen. Noch zwei grosse goldene Schoggitannenzapfen habe ich gefunden. Es war wie im Himmel.

Seit damals sind Christbaumschöggeli für mich einfach der Inbegriff von Weihnachten, von Grosszügigkeit und Kinderfreundlichkeit.»

Auf einmal wird Christian bewusst, dass er *diese* Geschichte seiner Frau noch gar nie erzählt hat. Das könnte er ja mal nachholen, jetzt, wo sie doch in drei Monaten selbst Nachwuchs bekommen. Im nächsten Jahr ist der zerbrechliche rosa Christbauschmuck vielleicht ohnehin nicht so ideal mit einem Kleinkind, das gerade auf Entdeckungsreisen geht.

«Ausser wir stellen das Bäumchen zum Schutz ins Laufgitter.» Dieser Gedanke erheitert Christian. «Da wären Schöggeli sicher die bessere Option.»

Da fällt ihm noch etwas ein, das er auf keinen Fall vergessen darf: Das Schild beim Ladenchristbaum: «Schöggeli essen erlaubt. Bitte bedienen Sie sich. S'hät, solang's hät.»

WER SPIELT DIE MARIA?

Eva und Jürg leiten die Proben für das Krippenspiel. Sie macht das schon seit Jahren und hat grosse Erfahrung. Er ist das erste Mal dabei und voller Ideen.

«Lassen wir die Kinder doch dieses Mal ihre Rollen selber auswählen», schlägt Jürg vor. «Dann sind alle zufrieden und motiviert.»

Eva ist strikt dagegen: «Dann streiten sich die Mädchen garantiert, wer die Maria spielen darf. Krach und lange Diskussionen, so was mag ich gar nicht. Darum teile ich die Rollen lieber vorher zu.»

«Probieren wir es doch einfach aus. Du wirst sehen, das gibt neuen Schwung», meint er voller Eifer.

«Überredet», meint Eva schliesslich.

Und so ist nun an einem Samstagmorgen die Kinderschar zur ersten Probe in der Kirche versammelt. Nachdem bei der Besetzung der Hirtenrolle alles friedlich vonstatten gegangen ist und sich sogar ein Junge freiwillig als Josef gemeldet hat, fragt Eva gespannt in die Runde:

«Wer spielt die Maria?»

«Ich», ruft ein Mädchen ganz bestimmt, «ich sicher nicht. Ich will lieber ein Engel sein.»

«Ich auch.»

«Ich auch!»

«Engel können wir schon ein paar brauchen. Aber wer spielt jetzt die Maria?»

Langes Schwiegen. Dann fragt Eva nochmals – jedes Mädchen einzeln:

«Möchtest nicht du die Maria spielen?»

Und immer die gleiche Antwort:

«Nein, wieso gerade ich?»

«Aber das ist doch so eine schöne Rolle. Die Mutter des Jesuskindleins.»

«Nein. Wir wollen alle lieber Engel sein.»

Auch der charmante Josef kann nichts ausrichten. Ratlosigkeit macht sich breit.

«Aber wir brauchen jetzt einfach eine Maria», schaltet sich nun Jürg ein. «Eine von euch muss diese Rolle übernehmen. Sonst können wir das Krippenspiel nicht aufführen.»

Nichts fruchtet – kein Bitten, kein Werben, kein Druck und kein Drohen.

Ganz vergessen sitzt die Jüngste in einer Ecke. Die Vierjährige, die im Spiel noch nichts sagen, sondern einfach nur still dabei sein will.

«Gibt es jetzt kein Krippenspiel?», schluchzt sie.

Alle werden bedrückt, aber erweichen lässt sich trotzdem keine.

«Können wir diese Rolle nicht einfach weglassen?», schlägt Josef vor.

«Geht jetzt erst mal nach Hause. Wir suchen aufs nächste Mal eine Lösung», verspricht Jürg.

Nachdem die Kinder in ihre Winterjacken gepackt losgezogen sind, seufzt Eva:

«Ja, das kommt davon, wenn man fragt, anstatt schon zum Voraus die Rollen zuzuteilen.»

«Aber Maria hat doch die Rolle sofort angenommen die Gott ihr zugemutet hat — hab ich jedenfalls so in der Bibel gelesen», sinniert Jürg.

«Wer weiss», gibt Eva zu bedenken,» vielleicht ist es dem Engel Gabriel auch so ergangen wie uns und er musste erst mal reihenweise hören: «Nein, ich nicht!»

«Auch wenn davon nichts in der Bibel steht, könnte ich mir das jetzt durchaus vorstellen», meint Jürg ernüchtert.

Das Krippenspiel kommt dann doch noch zur Aufführung. Als Erstes macht ein Junge eine klare Ansage. Jürg hat sie im Nachgang zur ersten Probe eigens für dieses Spiel verfasst. Und die tönt so:

Ein Krippenspiel soll's auch dies Jahr geben.
Damit ihr die frohe Botschaft könnt miterleben.

Von Hirten und dem Kind auf dem Stroh,
Von Menschen, die werden an der Krippe ganz froh.
Viele Rollen sind da zu vergeben.
Doch wer will wohl welche nehmen?
Einen tollen Josef haben wir, der ist vom Bau.
Aber wer spielt seine Frau?
Da ist etwas völlig krumm.
Da reisst sich diesmal keine drum.
Diese Rolle wird nicht mehr begehrt.
Wie sich doch die Welt ganz und gar verkehrt!
Dieses Jahr sind bei den Mädchen nur Engel «in».
Was macht das Spiel aber ohne Maria für einen Sinn?
Sagt, wie soll das nur weitergehn?
Ohne Mutter kann kein Kind das Licht der Welt sehn.
Josef würde ja helfen beim Flaschegeben und Wickeln,
Maria dürfte dafür beim Handwerk Talent entwickeln.
Die Jüngste – sie übernimmt die Verantwortung als Mutter für das Jesuskind,
derweilen Josef ihr dafür das Reden abnimmt.

Jetzt schaut, das grosse Spiel fängt an.